장식과
무게

이민진 소설집

장식과 무게

펴낸날 2021년 8월 24일

지은이 이민진
펴낸이 이광호
주간 이근혜
편집 박선우 최지인 이민희 조은혜 방원경
펴낸곳 ㈜**문학과지성사**
등록번호 제1993-000098호
주소 04034 서울 마포구 잔다리로7길 18 (서교동 377-20)
전화 02)338-7224
팩스 02)323-4180(편집) 02)338-7221(영업)
전자우편 moonji@moonji.com
홈페이지 www.moonji.com

ⓒ 이민진, 2021. Printed in Seoul, Korea

ISBN 978-89-320-3882-7 03810

이 책의 판권은 지은이와 ㈜**문학과지성사**에 있습니다.
양측의 서면 동의 없는 무단 전재 및 복제를 금합니다.

이 책은 2018년도 한국예술창작아카데미사업을 지원받아 발간·제작되었습니다.

장식과
무게

이 민 진 소 설 집

문학과
지성사

차례

RE:

2019-04-08 (월) 10:17

RE: 해니에게

　오랜만입니다, 유완 씨. 4년 전 주소라 당신이 메일을 확
인할 수 있을지 미지수군요. 연락해야겠다고 생각한 지 오래
지만, 매번 생각에 그쳤던 일을 단행하게 된 건 해니의 계정
에서 유완 씨의 메일을 발견한 덕분입니다. 이상하게 들리겠
지만, 당신이 메일을 읽지 못할 가능성이 제게 용기를 줬습
니다.

　아직 서울에 있나요? 우리가 만나던 무렵, 당신은 졸업
후 서울에 남을지 고민하고 있었죠. 저도 요즘 거취를 고민
중인데 서울을 떠나 살 곳을 찾다 보니 양구가 떠오르더군요.
양구는 제가 태어나 유년을 보낸 도시로 스무 살이 되자마자

전 서울로 올라왔습니다. 양구는 서울 이북에 위치한 곳이니 올라온다는 표현은 잘못됐지만, 무의식적으로 쓰게 되네요. 알면서도 고치지 못하는 건 그 도시가 제 기억의 저변에 위치하고 있기 때문일까요. 좋은 기억보다 나쁜 기억이 많은 그곳으로 돌아갈 생각을 하면 운명을 피해 떠돌다 결국 체념하고 받아들이는 기분이 듭니다.

마지막으로 양구를 방문한 건 2년 전이었습니다. 그날 저는 심곡사에서 할머니의 사십구재를 지내고 읍내에 사는 사촌 동생 부부와 저녁을 먹었죠. 자고 가라는 권유를 거절하고 서울에 도착하니 새벽 1시더군요. 동생에게는 다음 날 오전에 약속이 있다고 했지만, 택시비로 20만 원을 써가며 기어코 서울로 돌아온 건 불면증 때문이었습니다. 스무 살에 양구를 떠나며 생긴 불면증은 꽤 호전됐습니다만, 완치됐다고 보긴 어렵군요. 도리어 양구에 가면 잠이 오지 않으니까요.

해니는 거실에서 텔레비전을 보다 잠들어 있었습니다. 들어가서 자라고 해니를 흔들어 깨우니 갑자기 그 애가 뜬금없는 말을 중얼거리더군요. 눈냄새가 난다고요. 유완 씨는 눈이 어떤 냄새인지 생각해본 적이 있나요? 저는 없습니다. 그러게요. 눈도 냄새가 있을 텐데 왜 한 번도 느껴보지 못했을까요. 눈이 연약한 베일처럼 세상을 덮듯 그 냄새도 후각을 흐리게 감싸기 때문일까요. 하지만 코트에서는 저녁으로 먹은 삼겹살과 방향제 냄새만 나더군요. 수수께끼를 던진 당사자는 다시 죽은 듯 곯아떨어졌고요. 다음 날 해니와 마트에 가면서 새벽에 했던 잠꼬대를 들려주니 해니는 제게 눈도 냄새가 있느냐고 되물었습니다. 간밤에 꿈에서 눈이 내렸나. 그해는 유독 눈이 오지 않아서 해니는 겨우내 눈 타령을 했습니다. 그날 저희는 집에서 20분 떨어진 대형 마트에서 우유 한 팩과 계란, 하겐다즈 두 개를 샀습니다. 사실 냉장고에 먹을 게 있긴 했지만 장을 보고 나오면서 아이스크림을 사 먹는 게 저희의 소소한 낙이었기 때문입니다. 그날 장을 봤던 걸 보면 둘 중 하나는 우울했던 모양인데 어쩌면 둘 다 그랬을 수도 있겠군요. 집 앞 상가 근처에서 수리 중인 가게를 구경하느라 잠시 뒤처진 해니가 종종걸음으로 절 따라잡고는 말했습니다. 코트에 뭐가 묻었다고요. 처음엔 장난인 줄 알았죠. 그런데 그 애의 말대로 어깨 부근에 분 같은 게 묻어 있었습니다. 해니가 침을 발라 지워주면서 화장품일 거라고 했습니다만, 제 머릿속에는 절이 떠오르더군요. 정확히 말하면 바람에 나부끼던 재가요. 유골이 연상되어 찜찜했습니다. 드라이클리닝을 한 뒤에도 사라지지 않던 그 기분은 몇 년이 지난 지금도 여전하네요.

어제 전 양구에 가면서 오랜만에 그 코트를 꺼내 입었습니다. 매해 버려야겠다고 생각하면서 버리지 못하고 있죠. 양구에서 제가 한 일이라고는 경찰서 근처에 있는 허름한 모텔에서 하룻밤을 보내고 첫차로 올라온 게 전부였습니다. 간 김에 사촌 동생을 만날 법도 한데 내키지 않더군요. 제가 양구에서 밤을 보내고 온 까닭은 기어코 서울로 돌아올 이유가 없어졌기 때문입니다. 이제는 서울에서도 잠을 이룰 수 없으니까요. 편의점에서 산 맥주를 마시며 책을 읽는 사이, 밤이 지나갔습니다. 아침이라기엔 이른 시각에 저는 모텔에서 나와 터미널로 향했습니다. 눈이 소복이 쌓인 거리를 걸으며 눈냄새를 맡으려 했지만, 시린 느낌만 들더군요. 아무 냄새가 나지 않기야 하겠습니까만, 후각이 마비된 것처럼 아무 냄새도 맡을 수 없었습니다. 양구에서 자꾸 눈냄새를 생각하게 되는 건 20년 전 이곳에서 부모님의 죽음을 겪었기 때문일까요. 가까운 사람이 죽으면 회귀하듯 양구에 가게 됩니다. 산란과 죽음이 교차하는 연어의 회귀 같은 이 여정에서 제가 느끼는 복합적인 감정을 다른 이에게 전달하기란 어려운 일입니다. 그렇다고 말하지 않을 수도 없어서 유완 씨에게 늘어놓고 있고요. 쓰고 보니 장황한 이야기네요. 말이 길어지는 건 아무래도 제가 써야 할 문장을 피하기 위해서일 텐데, 어쩌면 이미 말한 것도 같습니다. 에두른 말에 숨은 의미가 제게만 선명한가요. 유완 씨가 그걸 알아차렸다면 제가 쓸 말은 부언이 될 테죠. 지난밤 읽은 아감벤의 책에는 이런 내용이 있었습니다. 비유parabola에서 말하다parlare라는 동사가 유래했는데, 복음서에서 예수가 빈번히 비유를 들어 말하듯 인간의 말은 '비유를 들지 않고는 아무것도 말씀하지 않는 예수처럼 말하는' 것과 같다고요.* 그렇다면 우리도 지금 비유를 통해 대화를 나누는 건데 그럼에도 소통이 가능하다니 신기하지 않습니까. 그러니까 제가 하고 싶은 말은, 다음에 적을 사실 또한 비유라는 겁니다.

*

'RE: 해니에게'

제목을 보고 오래전 내가 해니에게 보낸 메일의 답장인 줄 알았다. 발신인에도 해니의 이름이 적혀 있었다. 그러나 내게 메일을 쓴 사람은 해니의 동거인이었던 영우 씨였다. 영우 씨는 왜 해니의 계정으로 메일을 보냈을까. 그보다 의아한 건 해니의 메일함에 내가 보낸 메일이 남아 있었다는 사실이다. 답장이 없어서 당연히 메일을 지웠을 거라고 생각했는데…… 4년이 지나 온 회신 메일은 잊고 있던 두 사람을 떠올리게 했다. 4년 전 이른 봄에 만나 그해 가을 무렵 헤어진 이들이었다.

* 조르조 아감벤, 『불과 글』, 윤병언 옮김, 책세상, 2016, p. 39에서 변용.

우리가 이런 내밀한 이야기를 주고받을 사이인가. 영우 씨의 메일을 읽으며 나도 모르게 그녀와 나의 관계를 가늠하게 됐다. 1년도 채우지 못했지만, 그 시절 내가 급작스럽게 해니와 영우 씨에게 빠져들었던 것처럼, 알고 지낸 세월로는 우리의 관계를 정의할 수 없었다.

"여기 계셨어요?"

녹슨 철문이 열리는 소리와 함께 옥상에 나타난 사람은 학원에서 홈페이지와 강의 영상을 담당하는 규정 씨였다. 그와는 같은 공간을 사용했으나 강사인 나와는 업무상 마주할 일이 거의 없었다. 영화 제작비를 벌기 위해 학교도 휴학하고 아르바이트를 한다고 했다. 학원 사람들이 건네는 말에 성실히 응하고 편하게 농담도 주고받았지만, 먼저 말을 걸어오는 일은 드문 사람이었다. 어쩌다 나와 옥상에서 마주쳐도 눈인사를 주고받는 게 다였다. "부탁이 있는데……" 특유의 구부정한 자세로 걸어온 규정 씨가 의외의 말을 꺼냈다. 자신이 연출하는 영화의 내레이션을 맡아달라는 부탁이었다. 어떤 영화인지, 거기서 뭘 읽어야 하는지, 분량은 얼마나 되는지 구체적인 설명이 없는 부탁은 막연했다.

"해주셔야 해요."

그답지 않은 단호한 어조였다. 내가 아메리카노만 마시는 걸 알면서 커피 심부름을 갈 때마다 매번 메뉴를 확인하는 사람이었는데…… 단호한 어조에 실린 확신이 낯설었다. 나는 그런 규정 씨를 가만히 응시했다. 알고 지내던 사람이 낯설게 느껴질 때마다 새삼 상대가 어떤 사람인지 살피게 됐다. 이론적으론 알지만 경험해보지 못한 차원. 타인은 나의 이치에서 벗어나야 갈 수 있는 세계 같았다. 그 세계가 어떤 곳인지 어떤 원리로 돌아가는지 파악하려 해봤지만, 나름의 법칙이 있을 거라고 믿는 게 최선이었다. 내게도 타인이 이해할 수 없는 맥락이 있으므로, 그도 그럴 거라고. 나는 그의 확신에 이끌려 고개를 끄덕였다.

첫날 옆자리에 앉은 우연으로 해니와 나는 약속한 것도 아닌데 10주짜리 강좌가 끝날 때까지 서로의 옆에 앉았다. 학교에서 비슷한 수업을 들었던 나와 달리 창작 수업이 처음이었던 해니는 긴장한 기색이 역력했다. 불안을 덜어내려는 것처럼 수업 직전까지 내게 말을 건넸고 그러다 동갑이라는 사실을 알게 된 우리는 연락처를 교환했다.

해니가 내게 영우 씨를 소개한 건 4주 차 수업을 마치고 나왔을 때였다. 같이 사는 언니인데 다 같이 카페에 가지 않겠느냐고 물었다. 해니의 즉흥적인 제안에 당황하는 나와 달리 영우 씨는 미소를 띤 차분한 얼굴로 내 대답을 기다렸다. 그즈음 나는 해니와의 관계가 진심을 쏟을 필요 없는 밑 빠진 독이라

RE: 15

는 걸 알아차린 상태였다. 우리의 관계는 해니의 기분에 따라 매주 새로이 규정되었다. 오래된 지기처럼 굴다가 다음 주에는 데면데면하게 인사를 나눴다. 그런데도 내가 그녀와 거리를 두지 않은 건 강좌가 끝나면 자연스레 멀어질 사이였기 때문이다. 제 이야기만 하는 해니 때문에 그간 나는 해니와 그녀의 지인들에 관한 시시콜콜한 사실들을 알게 되었다. 해니보다 세 살 많은 영우 씨는 인류학 석사과정을 밟으며 연구원으로 일했다. 미미한 결벽증이 있었고 운전면허가 없지만 차에 관심이 많았다. 들은 바로는 카페 아르바이트로 생활하는 해니보다 조금 나을 뿐 경제적으로 여유가 있는 건 아니었는데, 그런 그녀가 가족도 아닌 해니의 수강료를 내준 건 이해하기 어려운 행동이었다. 내가 보기에 해니는 소설을 쓰는 데 재능이 없었다. 물론 재능이 전부는 아니었지만 부족한 재능을 채울 끈기가 부족했고 그나마 있는 열의는 들쭉날쭉했다. 인류학 석사과정이면 글을 보는 눈이 전혀 없진 않을 텐데, 가망 없는 데에 투자하는 심리는 의문의 대상이었다. 그저 좋은 사람인가. 해니도 모르는 이유가 있는 건 아닐까. 내가 두 사람과 함께 커피를 마시러 간 건 그런 호기심 때문이었다.

   그들을 따라간 카페는 혼자서는 찾아갈 엄두가 나지 않는 골목 끝자락에 있었다. 카페에 들어서면서 나는 주황빛으로 물든 실내가 너무 침침하다고 생각했으나 내색하지 않았다. 차츰

명도에 익숙해지면서 처음의 생각이 바뀌었다. 무뚝뚝한 사장이 제조한 라테와 비슷한 공간이었다. 쌉싸래한 첫 모금을 넘기면 입안에 진하고 부드러운 우유 맛만 남듯이 따스한 색조가 콘크리트 벽에서 나오는 냉기를 잠재우는 듯했다.

　카페에서 주로 말한 사람은 해니였다. 내용은 평소와 다르게 없었다. 항상 제 생각과 느낌, 감정에 매몰되어 있었으므로. 매 순간 제 기분을 살피고 기록하는 건 해니의 상담의가 권유한 방법이었다. 조증과 우울증의 패턴을 환자 스스로 발견하게 만드는 것이 목적이었는데, 주변 사람들을 질리게 하는 부작용이 있었다. 관심을 가져줘. 해니가 하는 말들은 결론이 같아서 주의 깊게 들을 필요가 없었다. 해니가 화장실에 간 사이 나는 영우 씨에게 물었다.

　"질리지 않으세요?"

　평소 같으면 하지 않았을 질문을 한 건 해니의 말을 묵묵히 경청하는 영우 씨에게서 동질감을 느꼈기 때문이다. 뒤늦게 주어가 없는 질문이었다는 걸 깨닫고 부연하려 했으나 영우 씨의 대답이 더 빨랐다.

　"오히려 신기해요. 전 해니처럼 섬세하지 못해서."

　해니에게는 분명 섬세한 면이 있긴 했으나 자신을 살피는 데에만 섬세한 건 과민함과 다르지 않았다. 내가 피곤하게만 여긴 성격에서 섬세함을 가려내는 영우 씨야말로 상대방을 섬세하게 헤아리는 사람이었다.

카페에 들어간 지 두 시간 정도 지났을 무렵, 나는 거의 듣기만 하는 영우 씨가 우리의 대화를 이끌어가고 있다는 것을 깨달았다. 그녀의 조심스러운 성격은 대화에서 빛을 발했다. 간혹 던진 질문들은 상대의 말을 허투루 듣지 않았다는 걸 알리는 동시에 상대방에게서 더 자세한 이야기를 끌어냈다. 중재자가 있기 때문인지 해니의 말이 더는 일방적으로 들리지 않았다. "너도 그래." 해니는 말했다. 그녀에겐 나도 다른 사람의 말을 잘 들어주는 사람인 듯했다. 그러나 나의 경우는 들은 게 아니라 지나친 것이었다. 말하기 전에 머릿속으로 해도 되는 말과 해선 안 될 말을 구분했고 대답이 여의치 않으면 침묵했다. 누구를 만나든 그랬다. 그랬기 때문일까. 매일 누군가와 이야기를 나누고, 그렇게 많은 말을 하는데도 내 안에는 말들이 쌓였다.

그날 나는 말하는 데 있어 그간 느꼈던 곤란함과 두려움을 처음으로 다른 사람에게 털어놓았다. 스스로 끄집어낼 수 없었던 말들을 꺼낸 건, 들어주는 사람이 있기 때문이었다. 속에 들어찬 말들이 빠져나가며 묵직했던 마음이 가벼워졌다. 방치했던 공간을 환기시킨 듯 두 사람의 말이 흘러들어 와 빈자리를 채웠다. 나는 그들과의 대화에 빠져들면서도 착각하지 않았다. 지금 느끼는 만족스러운 기분이 상대의 이해와 공감에서 비롯된 게 아니라 말하고 듣는 행위 자체에서 얻는 해방감 때문이라는 걸 잊지 않았다. "나, 그 느낌 뭔지 알아. 아무리 말해도 소진되지 않는 기분." 해니는 내 말을 다르게 이해했고, 영우 씨는 설명이 불충분했는지 연이어 질문을 던졌다. "듣는 사람을 믿지 못하는 건가요? 아니면 언어를 불신하는 건가요?" "유완 씨도 소설을 쓴다고 들었는데 그럼 말과 글의 차이는 뭐죠?" 그런데도 나의 만족감은 손상되지 않았다. 막차 시간이 지난 줄도 모르고 떠들던 우리는 영업시간이 끝났다는 사장의 채근을 들으며 카페에서 나왔다. 일교차가 큰 초봄이었다. 얇은 외투 속으로 파고드는 쌀쌀한 기운에 나는 따뜻했던 실내 온도를 체감하며 그들과 다음을 기약했다.

해니가 죽었습니다.

긴 메일의 요지는 마지막 문장에 있었다. 비유라니. 해니가 죽었다는 걸까. 죽은 것이나 다름없는 그들의 관계를 은유한 걸까. 해니의 죽음이 사실이든 은유든, 내가 영우 씨의 메일을 읽고 느낀 건 안도감이었다. 당신이라면 이해할 거라는 믿음으로 메일을 씁니다. 우리 둘 다 해니를 알았으니까요. 부고 아래에 있는 추신은 과거에 내가 느꼈던 감정이 일방적인 게 아니었다고 확인해주는 듯했다. 그러나 4년이 흐른 지금, 그날의 기억은 방전되어 그때의 감정을 불러오지 못했다. 해니의 부고를 접했음에도 이렇다 할 감정이 들지 않는 게 그사이 멀어진 마음을 증명하는 듯했다. 그렇지만 나는 영우 씨에게 답장을 쓰기로 했다. 그게 우리가 함께했던 시간에 대한 예우였기 때문이다.

옥상에서 내레이션을 부탁해온 이후 규정 씨는 연락이 없었다. 학원에서 마주쳐도 별다른 이야기가 없어서 무산된 일로 여겨졌는데 3주쯤 지나 그에게서 문자가 왔다.

—출근 전에 볼 수 있을까요?

4월 마지막 주인데 한낮에는 여름 기온이었다. 학원 근처 카페에서 만난 우리는 서로의 스케줄을 보면서 녹음 일정을 잡았다. 규정 씨와 내 앞에는 아이스 아메리카노와 초콜릿 케이크가 놓여 있었다. 아침을 안 먹고 나왔다던 그는 케이크를 주문하고선 정작 손대지 않았다. 늦어도 이번 주에 가편집이 끝날 거라고 했다. 5월에 있을 중간고사가 아니어도 영화제에 출품하려면 일정이 빠듯했다. 한가로이 날씨를 즐길 여유는 없었다. 스케줄 정리를 마치자마자 규정 씨가 내게 대본 리딩을 청했다.

"한번 읽어보세요."

내레이션 제의를 수락한 날, 나는 첨삭 중이던 원고지 위에 놓인 봉투를 발견했다. 그가 직접 쓴 시나리오였다. 보기보다 감상적이네. 시나리오를 읽고 든 생각이었다. 시나리오는 이별 후 뒤늦게 상대방을 이해하게 된 연인의 이야기였다. 과거에 그들은 진심으로 사랑했다. 다만 사람에 따라 진심이 다른 형태로 나타난다는 것을 알지 못했고, 그들의 진심은 상대에게 닿지 못했다. 몇 년이 흘러 두 사람은 각자 다른 방식으로 상대방이 진심이었다는 것을 깨닫지만, 돌이키기에는 시간이 많이 흘러 있었다. 영화는 남자와 여자의 회상이 교차하며 진행됐다. 내레이션이 들어갈 부분은 영화의 도입부로, 한밤중 공원에서 두 사람이 다투는 장면이었다. 그러나 추상적인 내레이션 문장으로는 구체적인 장면을 떠올리기 어려웠다. 그 장면에 덧입혀질 내 목소리도.

카페에 흐르는 가요와 옆 테이블의 대화 소리는 집중을 방해하는 한편 나를 안심시켰다. 소란한 분위기에 목소리가 묻혀 나는 가벼운 마음으로 원고를 읽었다. A4 용지의 반도 안 되는 분량이었다. 금세 낭독을 마치자 규정 씨가 그사이 메모한 문제점을 말했다. 읽는 속도를 늦추는 건 어렵지 않았으나 분위기를 살리는 게 어려웠다. 규정 씨에게 중요한 건 정확한 발음과 발성보다는 느낌이었는데, 그가 원하는 느낌을 캐치하는 것도 문제였지만 연기자도 아닌 내가 그 느낌을 제대로 표현할 수 있을지 자신이 없었다.

"혹시 「별의 목소리」 보셨어요?"

그 애니메이션에서 영감을 받았다던 규정 씨는 내게 줄거리를 들려주며 어떻게 시나리오를 쓰게 됐는지 설명했다. 중간에 나는 어렴풋하게나마 규정 씨가 원하는 느낌을 짐작했지만, 그의 말을 끊지 않았다. 내가 못 알아듣는다고 생각했는지 규정 씨는 설명에 더욱 열중했다. 그의 오해를 풀어야 했지만 선뜻 말이 나오지 않았다. 그의 앞에 놓인 초콜릿 케이크와 커피는 좀처럼 줄어들지 않았다. 점차 얼음이 녹으며 커피의 색깔이 옅어졌다. 출근 시간이 다 된 걸 모르는 건지 지각을 개의치 않는 건지 그가 자리에서 일어날 기미가 보이지 않아 나는 내내 머뭇거렸던 말을 해야만 했다.

"알 것 같아요."

그날 카페에서 나는 두 사람에게서 시선을 떼지 않았다. 들을 때는 해니를 향했고, 말할 때는 영우 씨를 향했다. 두 사람과 있지만 한 사람과 대화하는 기분이었다. 대화 도중 그들은 눈을 맞추며 상대의 확인을 받고 동의를 구했다. 때로는 아무 이유 없이 서로를 바라봤는데, 그럴 때면 입가에 실없는 웃음이 맺혔다. 나는 그런 두 사람을 보면서 봐선 안 될 장면을 엿본 기분에 괜히 휴대전화를 꺼내 시간을 확인했다. 바닐라 아이스크림이 묻을 뻔한 소매를 접어주거나 어깨에 붙은 머리카락을 떼어주는 건 주의와 관심이 머무르지 않으면 나올 수 없는 행동이었다. 그게 익숙하고 자연스러운 두 사람은 내게

룸메이트가 아닌 연인으로 보였다. 언젠가 작법서에서 읽은 묘사에 관한 설명이 내가 본 게 무엇인지 이해를 도왔다. "풍경에는 실제 장소에 대한 바꿀 수 없는 묘사가 있다. 그러한 모습들이 명시적으로 보임에도 불구하고 거기에는 또한 암시적으로 보이는 풍경이 있다. 그 암시적인 풍경에 대한 감각이 본질적인 것이다."* 말하지 않았을 뿐 숨기지도 않았다. 그들은 완곡한 어법으로 내게 두 사람의 관계를 알렸고, 나는 그들의 어법을 알아들었다. 그리고 무언으로 건네받은 진실은 둘이 같이 살게 된 까닭이나 영우 씨가 해니의 수강료를 내준 이유 등 내가 그들에게 묻지 못한 물음에 대신 답해주었다.

이후 두 사람과 나는 글쓰기 강좌가 있는 목요일마다 만났다. 매번 해니를 통해 약속을 잡았고, 그때마다 나는 우리의 만남이 해니의 의사에 달렸다는 걸 거듭 깨달았다. 영우 씨를 보기 위해선 먼저 두 사람이 떨어질 수 없는 관계라는 걸 받아들여야 했다. 영우 씨는 드물게 내게 무슨 일 있느냐고 묻던 해니의 관심과 배려 같았고, 해니는 영우 씨와 이야기하기 위해 감내해야 하는 단점 같았다. 우리가 둘의 단골집인 오래된 호프에서 치킨을 먹고, 모험인 양 새로 생긴 카페에 들어가 처음 보는 메뉴를 주문하고, 해니가 직접 만든 상그리아를 마시며 한

---

* 제임스 설터, 『소설을 쓰고 싶다면』, 서창렬 옮김, 마음산책, 2018, pp. 61, 182에서 변용.

강 변을 산책하는 동안 강좌는 끝났고 본격적인 여름이 시작되었다.

강좌가 끝나고 나서도 우리의 만남은 지속됐다. 일주일에 적어도 한 번, 많게는 세 번. 사소한 내용이든 진지한 내용이든 그들과 만나 이야기하는 시간이 좋았다. 그즈음 영우 씨는 해니만큼은 아니더라도 나를 꽤 편하게 대했고, 나 또한 영우 씨와는 별개로 해니에게 작은 애정을 품었다. 그러면서도 나는 무언가 부족한 기분에 시달렸다. 내가 정확히 무엇을 바라는지는 알 수 없었으나 더는 속엣말을 하는 것으로 만족하지 못했다. 막차 시간이 다 되어 떠나는 나를 아쉬운 표정으로 배웅하면서도 그들은 자고 가라는 권유를 하지 않았다. 나는 그런 두 사람에게서 막연한 벽과 거리를 느꼈다. 그러나 지척인 그들의 공간으로 들어갈 문은 보이지 않았다. 두 사람의 맞은편이 항상 나의 자리였던 것처럼 두 사람의 관계에 대해 말하지 않는 건 우리의 암묵적인 규칙이었다. 내가 느낀 정체감의 원인이 두 사람의 비밀 때문이라는 생각이 들자 나는 이미 아는 사실을 비밀로 만드는 그들의 침묵이 답답해졌지만, 두 사람은 내게 밝힐 의향이 없어 보였다.

그러다 졸업논문을 쓰던 중 나는 해니의 전화를 받았다. 해니가 보려던 영화가 그날로 상영을 종료하는데 영우 씨는 일이 있어 거절한 듯했다. 마감이 며칠 남지 않았지만, 나는 우는 소릴 하는 해니를 무시하지 못하고 광화문으로 나갔다. 상영 시간까지 한 시간 정도 남아 우리는 맥도날드에 갔다. 일을 마치고 바로 오느라 점심도 먹지 못했다며 해니는 사뭇 전투적으로 감자튀김을 아이스크림에 찍어 먹었다.

"쟤넨 이 시간에 왜 여기 있을까?" 내가 교복을 입은 커플을 가리키며 물었다. "개교기념일 같은 거겠지." 힐끗 창가를 향한 해니의 시선이 감자튀김으로 돌아왔다. 나는 이왕이면 개교기념일보다는 무단결석 같은 이유이길 바랐다. 그런 상상이 그 애들을 더욱 애틋해 보이게 만들었기 때문이다.

"넌 연애는 관심 없어? 항상 영우 씨 아니면 나잖아."

혼자선 영화관에 갈 수 없다고 고집부리던 해니였다.

"둘로 충분해."

이미 연애 중이라 그런 게 아니냐는 나의 농담에 해니는 정색했다. 애인이 있는데 왜 숨기겠느냐고. 마지막 남은 감자튀김을 입에 넣은 해니가 가방에서 물티슈를 꺼냈다. "거기." 나는 케첩이 묻은 해니의 오른쪽 소매를 가리켰다. 해니는 인상을 쓰며 들고 있던 물티슈를 버리고 새로 뽑았다. 그것도 얼마 문지르지도 않고 버리더니 이내 다음 장을 뽑았다. 나는 그런 해니를 지켜보며 말했다.

"이해해."

"뭘?"

"내게 말하기 힘는 걸 이해한다고."

"대체 무슨 말을 하는 거야."

해니가 주황색으로 물든 티슈를 트레이에 던지며 신경질적으로 대꾸했다. 나는 한숨을 쉬며 앞으로 있을 상황에 대비했다.

"나한테 말해도 괜찮아."

"네가 말하고 싶은 게 뭐야?"

"너 영우 씨랑 사귀잖아."

내 의도를 파악하려는 듯 해니는 가만히 나를 응시했다. 한참을 뚫어지게 쳐다보다가 내가 진심이라는 것을 확인하고는 입을 열었다. "미쳤어." 순식간에 가방을 챙긴 해니가 자리에서 일어났다. 당황한 나는 빠른 걸음으로 사라지는 그녀를 잡지 못했다. 분위기가 불편해질 수 있다고는 예상했으나 해니가 대화 자체를 거부할 줄은 몰랐다. 해니가 보인 반응은 그들이 소수자라는 것을 감안해도 과한 경계심이었다. 그들의 처지나 상황을 이해한다고 말하는 걸 문제로 여기지 않았기에 선의를 거절당한 기분이었다. 놀라서 그랬을 거라고, 얼마 안 가 해니가 내게 진실을 털어놓을 거라고 생각하며 나는 테이블 위에 수북이 쌓인 물티슈를 정리했다. 그러나 시간이 지나도 두 사람에게선 연락이 오지 않았다.

영우 씨가 보낸 메일 아래에는 당시 내가 해니에게 보낸 원본 메일이 있었다. 해니와 갈등이 있은 지 한 달쯤 지나 쓴 메일이었다. 내가 메일을 보낸 건 단지 두 사람을 잃게 되었다는 아쉬움 때문이었다. 내가 틀린 걸까. 그럼 내가 두 사람에게서 본 건 무엇이었을까. 그들이 거짓말하는 건 아닐까. 중간에 다른 가능성이 떠올랐지만, 그것을 부정하는 데 한 달을 썼다. 그때까지도 그들의 관계를 확신하고 있었던 나는 진실을 부정하지 않는 동시에 해니의 마음을 풀어줄 말들을 고민했다. '오해라면 미안해' '생각이 짧았어' '상처를 줄 의도는 아니었는데'…… 상투적인 문장들은 당시 나의 오해와 우리의 갈등에 관해 아무것도 드러내지 않았다. 해니에게서 답장은 오지 않았다. 그렇게 나는 늦가을인지 초겨울인지 애매한 그해 11월을 하루에도 몇 번씩 수신함을 확인하며 보냈다. 그러는 와중에도 나의 아쉬움은 그들에게 매료되었던 속도만큼 빠르게 옅어졌다. 그렇게 연말이 되었다. 새해에 나는 가족과 해돋이를 보러 간 북한산에서 잠시 두 사람을 떠올렸으나 그들과 함께했던 시간은 이미 지난해가 되어 있었다.

과거에 내가 해니에게 보낸 메일과 4년 후 영우 씨가 보낸 답장. 두 메일을 구분하는 점선은 절취된 시간의 흔적 같았다. 내가 영우 씨의 메일에서 읽은 건 메일에 씌어져 있지 않은 우리의 이야기였다. 그리고 기억은 계절의 변화를 겪듯 같은 장면으로 내게 다른 풍경을 보여주었다.

"여러분은 왜 소설을 써요?"

글쓰기 강좌 첫날 강사는 물었다. 내가 한 대답은 삶의 진실에 가까워지고 싶다는 것이었다. 나를 비롯한 수강생들의 대답은 대부분 길지 않았는데 가장 인상적인 건 해니의 대답이었다. "어느 날, 카페에 자주 오는 손님이 무슨 일이 있냐고 묻더라고요. 그런 질문을 받은 건 오랜만이었어요. ……제가 우울해 보여도 가족들은 그러려니 하니까. 얼굴만 아는 사이라 그랬는지 저도 모르게 거짓말이 나왔어요. 어제 암 선고를 받았다고요. 상대를 속인 거지만 미안한 마음도 불안한 마음도 없었어요. 정말…… 그날은 죽고 싶었거든요. 제 심정을 전달하고 싶은 마음뿐이었어요. 사연을 들은 손님은 제게 음료를 사주고 떠났죠. 근데 이상하게 휘핑크림이 잔뜩 올라간 모카를 마시니까 나아지더라고요. 세상은 아직 살 만한 곳인지 모른다, 그런 생각이 드니까 갑자기 그 손님한테 미안해졌어요. 그분은 제가 거짓말을 했다는 걸 모르겠지만, 다음에 방문하시면 사실을 밝혀야겠다고 결심했죠. ……소설은 일일이 사과할 필요가 없어서 좋아요." 수업 직전까지 내게 말을 걸면서 불안해하던 해니는 사람들의 시선을 받자 덜덜 떨기 시작했다. 해니가 어렵게 말을 잇는 와중에 강사는 휴대전화로 시간을 확인했고 수강생 몇몇은 난감한 시선을 교환했다. 내가 해니의 대답을 기억한 건 당시의 불편한 분위기 때문이었다. 어차피 듣는 사람도 없는데 저렇게 무리할 필요가 있을까. 불필요한 용기와 노력이었다. 그게 그녀의 첫인상이었고, 그 인상은 우리가 절교할 때까지 바뀌지 않았다.

강좌에서는 수강생당 두 번씩 합평 기회가 주어졌다. 합평 당일, 갑자기 몸이 좋지 않다며 해니가 수업을 10분 남기고 가버리는 바람에 그날 수업에서는 글쓴이 없이 소설을 합평했다. 내가 내용을 정리해 해니에게 보내자 다음 날 그녀에게서 문자가 왔다.

─선생님이 날 싫어하나 봐.

해니가 다음 합평까지 소설을 완성하지 못하는 바람에 해니의 남은 기회는 다른 수강생에게 돌아갔다. 제대로 된 합평을 해주지 못한 게 못내 신경 쓰였는지 강사는 마지막 수업을 마치고 해니에게 메일로 소설을 보내라고 했다. "난 쓰는 데 오래 걸려." 내가 소설을 보냈냐고 물을 때마다 매번 같은 대답이 돌아왔고, 그렇게 다섯 달이 흐른 뒤에는 나도 더 이상 확인하지 않았다.

그 강좌에서 나는 전에 써놓은 소설과 강좌를 들으면서 새로 쓴 소설을 합평받았다. 두 소설 모두 장단점이 있었지만 새로 쓴 소설의 평가가 나왔다. 오래된 커플의 이야기였는데 소설 속 연인의 원형은 해니와 영우 씨였고, 강사와 수강생들이 아름답다고 칭찬한 한강 장면에는 내가 두 사람에게서 본 애정과 배려가 녹아들어 있었다. 내가 그들에게서 느낀 걸 사람들도 느낀 거라고, 한강 장면을 통해 내가 옮기고 싶었던 진실이 전해졌다고 생각했다. 그게 진실이 아니었다면 나와 내 소설을 읽은 사람들이 느낀 건 무엇이었을까. 이후 소설을 쓰면서 의문이 들었다. 두 사람의 관계가 완전했다면 왜 해니는 잘 알지도 못하는 내게 속을 털어놓았을까. 영우 씨로 인해 그녀의 불안과 외로움이 해소됐다면 귀찮아하는 나를 붙잡고 제 이야기를 늘어놓지 않아도 되었을 텐데. 내가 전하려 했던 메시지를 의심하게 되면서 소설을 쓰는 데 걸리는 시간은 늘어났다. 석 달에서 다섯 달로, 1년으로…… 마지막으로 쓰던 소설은 미완성 상태로 노트북에 방치되었다.

내가 달라진 과거의 풍경에서 본 것은 진실의 뒷모습이었다. 세번째 만남이었는지 네번째였는지 확실하진 않지만, 나는 두 사람과 술을 마시며 수업 첫날 해니가 말한 이야기를 자세히 듣게 되었다. 그 카페 단골손님은 바로 영우 씨였고 영우 씨는 처음부터 해니의 거짓말을 눈치채고 있었다는 것이다. 해니가 거짓말을 해서 기분 상하지 않았느냐는 물음에 영우 씨는 술기운에 나른해진 말투로 답했다. "거짓말이 뭐 대수라고. 저도 해니를 속였잖아요." 그래서 친해질 수 있지 않았느냐고 동의를 구하는 영우 씨를 향해 나는 고개를 끄덕였다. 하지만 그

건 동의가 아니라 어떻게 반응해야 할지 몰라서 나온 행동이었다. 가까워지기 위해 거짓말을 하고 상대의 거짓말에 기꺼이 속아주는 방식은 내가 생각하는 진정한 관계와 괴리가 있었다. 그날 나는 술집에서 영우 씨답지 않은 영우 씨를 마주쳤다. 그녀의 주량이 소주 세 병이라는 것과 주량을 넘으면 아무에게나 전화를 거는 주사가 있다는 것을 알게 되었고, 술집에서 나갈 때는 해니가 예쁘다고 한 병따개를 몰래 가방에 집어넣는 모습을 목격했다. 나는 그런 영우 씨를 못 본 척했다. 생각해보면 영우 씨에겐 대범한 구석이 있었는데, 가끔 사소한 위법을 아무렇지 않게 저질렀고 지나칠 수 있는 타인의 실수나 잘못을 끝까지 따졌다. 그런 영우 씨의 모습을 마주하는 게 불편했던 나는 그녀에게 품은 호감을 간직하기 위해서 이후에 본 것들을 잊어야 했다. 그래야 그녀가 어떤 사람인지 알 수 있었다. 그런 식으로 나는 해니와 영우 씨를 기억했다. 가장 상징적인 시간만 취하고 나머진 버렸다. 하지만 불편한 기억은 없어지지 않았다. 그들에 대한 과거의 확신이 사라져버리자 그 저변에서 불쑥 모습을 드러냈다. 해설한 거리의 추레한 민낯과 같은 풍경이었다.

한 해를 채우지도 못하고 끝난 두 사람과의 관계는 이후 내가 거친 계절의 수만큼 다르게 해석되었다. 내가 그들에게 품은 감정도 모호해졌다. 때로는 영우 씨를 독점하려는 질투길 있고, 때로는 두 사람에게 중요한 존재가 되고 싶은 인정 욕구 같았다. 모든 것을 장악하려는 열망 같기도 했다. 어쨌든 순수하지 않았다. 그간 두 사람에게 했던 말들을 떠올리며 내가 그들에게 속을 드러낸 만큼 그들도 내게 속을 드러내길 바랐다. 그게 진정한 관계라고 믿으며 나의 치부를 그들의 치부와 교환하려 했다. 상대의 불안과 두려움을 헤아릴 생각도 없으면서 그들이 하지 않는 말을 하게끔 강요했다. 지금 생각하면 그 시절의 나는 나답지 않았지만, 내가 아니라고는 할 수 없었다. 두 사람이 내가 모르던 나의 일면을 끌어낸 것일 수 있었다. 의도치 않게 내게서 말을 끌어냈듯이. 그렇게 4년 만에 받은 답장은 잊고 있던 시간을 데려와 내게 숨겨진 맥락을 들려주며 메일을 주고받은 우리가 누구인지를 가르쳐줬다.

퇴근 후 규정 씨와 역으로 가는 길에 나는 그간 궁금했던 내 목소리에 대한 인상을 물었다. 낮고 느리다. 끝을 끌어 발음한다. 그리고 떨린다. 규정 씨가 설명한 내 목소리는 그랬다.

"그거 험담 아니에요?"

농담조로 되묻자 규정 씨가 웃음을 터뜨렸다.

"그래서 좋다고요."

처음 일한 학원의 원장은 그런 목소리를 지적했다. "그렇게 말하면 학생이 어떻게 신뢰하겠어요?" 국문과 출신에 졸업 후 소설을 쓴다고 허비한 2년의 공백으로 그나마 쉽게 취직할 수 있는 곳이 학원이었다. 돈을 벌려면 소위 강사 톤으로 목소리를 바꿔야 했다. 나는 인터넷 강의를 보면서 특유의 화법을 익혔다. 그 결과 어느 정도 흉내 낼 수 있게 됐지만, 자신감과 확신은 따라한다고 되는 게 아니었다. "스스로 믿지 않으면 못 해요." 내가 가르치는 게 틀린 건 아닌지, 지금은 맞아도 현시점에 국한된 답이 아닌지 불안하다고 하자 같이 일하던 사회 선생님은 교과과정과 교과서를 거듭 확인하는 수밖에 없다고 조언했다. 그래도 틀리면 어쩔 수 없다는 말이 무책임하게 들렸으나 그녀의 말처럼 그게 최선이었다. 규정 씨는 어렵게 고친 말투를 다시 바꾸는 게 내게 어떤 의미인지 모를 터였다. 왜 내가 나를 흉내 내는 기분이 드는지.

"제가 언제 그런 목소리로 말했다는 거예요?"

"계단에서 통화하시는 걸 우연히 들었어요. 그때 이 목소리라는 직감이 왔죠."

누군가는 알지만, 누군가는 끝내 알 수 없는 것. 그가 말하는 느낌은 눈냄새 같은 것이었다.

"그걸 어떻게 확신해요?"

그의 직감은 신빙성이 없었다.

"물론 예상과 다를 수 있는데…… 일단 해봐야 직감이 맞았는지 틀렸는지 알 수 있잖아요." 잠시 말을 고르던 규정 씨가 넛붙였다. "블려도 어쩔 수 없죠. 그것도 제가 감당해야 할 몫이니까."

담담한 말투였지만 몫이라는 단어에서 책임감이 느껴졌다. 그게 덤덤하게 내뱉은 말을 각오처럼 들리게 했다. 그가 감당해야 할 게 무엇일지 생각에 잠겨 있는데 규정 씨가 잠시 걸음을 멈췄다.

"내레이션 대사를 조금 손보는 게 어떨까요? 선생님 호흡에 맞게."

"의미가 달라질 수도 있는데."

"그럼 다시 수정하면 되죠."

마감이 코앞이라 여유가 없을 텐데 태평한 소리였다. 오늘은 앰비언스 사운드를 따기 위해 퇴근 후 곧장 공원으로 간다고 했다. 배경 소음을 녹음하는 거라는 설명을 들었으나 이해되지 않기는 마찬가지였다. "완성 못 하면 출품 안 하는 거죠." 이 판에선 찍다가 엎어지는 일도, 다 만들고 개봉 못 하는 일도 다반사라고, 그가 수염도 다듬지 못한 얼굴로 내뱉은 말은 피로가 역력한 기색과 일치하지 않았다. "전 사실 버스 타고 가요." 역이 보이자 규정 씨는 반환점을 돌듯 우리가 지나온 길로 돌아갔다.

회상을 거쳐 도착한 곳은 제자리. 답장을 쓰는 건 내게 당위였지만 그 당위는 영우 씨에게 할 말까진 알려주지 않았다. 무슨 말을 해야 할까. 말하고자 한 것과 말해진 것 사이의 괴리는 언제나 곤혹스러웠다. 백지에는 무슨 말이든 쓸 수 있었으나 무슨 말을 써도 틀린 것 같았다.

'조의를 표합니다.'

쓰고,

지웠다.

그런 의례적인 표현으로는 내가 전하고 싶은 것을 전할 수 없었다. 그렇게 그간 내가 쓴 답장들은 백지로 돌아갔다. 쓰고 난 뒤에야 그 말이 아니라는 걸 깨달으면서.

"난 쓰는 데 오래 걸려." 그 말을 들었던 당시에는 해니가 소설을 쓰지 않고 변명만 늘어놓는다고 생각했다. 내가 답장을 쓰고 있다는 걸 영우 씨가 모르고 있는 것처럼 다만 나는 몰랐던 게 아닐까. 아무것도 쓰지 못했지만 그간 내가 아무것도 쓰지 않은 게 아니듯 그때 해니는 정말 쓰고 있었던 게 아닐까. 나는 해니의 메일함에 남아 있던 4년 전의 메일을 보면서 일찍이 끝났다고 여긴 관계가 내가 모르는 곳에서 이어지고 있었던 건 아닌지 생각했다. 해니가 4년간 답장을 쓰고 있었다는 가정은 억지스러웠지만, 일말의 가능성은 나로 하여금 진척이 없는 답장을 포기하지 못하게 만들었다.

언제부턴가 백지는 영우 씨에게 답장을 쓰기 시작한 날과 날라 보였다. 내가 백지에서 읽은 건 앞서 쓰고 지운 말들이었다. 답장이 늦어지는 건 자꾸만 끼어드는 회상 때문이었다. 그 사이 체념한 영우 씨가 더는 해니의 계정을 확인하지 않을 게 염려스러웠던 나는 내게 메일을 보내고 내 메일을 읽을 사람은 해니가 아닌 영우 씨라는 걸 상기했다. 내가 해니에게 보낸 메일을 읽었을 테지만 영우 씨가 그에 관해 아무런 언급도 하지 않았듯 나 또한 그녀가 지금 내게 하고 있는 말에만 집중해야 한다고.

해니가 죽었습니다.

메일의 요지는 해니의 죽음일지 모르나 그건 영우 씨가 해야 할 말이었고, 하고 싶은 말은 다른 데 있는 듯했다. 그 말을 찾기 위해서 나는 그녀의 문장을 따라 한 번도 가보지 못한 도시로 들어섰다.

동이 트기도 전에 모텔에서 나와 시외버스 터미널로 걸어가는 그녀는 마지막으로 봤을 때처럼 갈색 커트 머리였다. 얼굴도 여전했다. 얇은 막으로 덮은 것처럼 뚜렷한 감정이 느껴지지 않는 얼굴이었다. 웃고 있는데 왜 무표정해 보일까. 과거에 나는 종종 영우 씨를 보며 생각했었다. 그녀가 입고 있는 유행이 지난 디자인의 검정 코트는 설경과 대조되었다. 소매 아래 장갑을 끼지 않은 손등이 붉었다. 나로서는 그녀가 겨울에 장갑을 끼고 다니는지 알 수 없었지만, 아마도 그럴 거라고 생각했다. 나는 그런 영우 씨의 주위를 맴돌며 그녀 자신은 맡지 못한 눈냄새를 맡았다. 대기층의 온도에 의해 형태가 달라졌을 뿐 눈과 비는 사실상 같지만, 냄새는 달랐다. 비냄새가 실내처럼 조금 비릿하고 쿰쿰하다면 금속의 비릿함이 섞인 눈냄새는 그보다 산뜻했다. 다른 사람들은 눈냄새를 나와 다른 식으로 표현할 터이나 각기 다른 표현이 모두 같은 것을 가리키듯, 다르게 보이지만 실은 같은 게 아닐까. 장황한 이야기 속 표지를 따라가던 나는 영우 씨의 진의와 마주쳤다. 거기에 '슬픔'과 같은 직접적인 단어는 없었으나 문장 곳곳에서 그녀의 슬픔을 봤다. 눈냄새 같은 슬픔이었다.

"누구에게든 말하면 한결 나아져." 기억하고 있는 줄 몰랐던 해니의 말이 불현듯 떠오르며 나는 중요치 않게 지나쳤던 메일의 첫 단락으로 돌아갔다. 내가 메일을 확인하지 못할 수 있어서 메일을 보낼 수 있었다는 말은 그녀의 메일을 읽지 않길 바라는 것처럼 들렸다. 아무에게도 향하지 않는 말들은 본인에게 들려주는 이야기 같았다. 자각하지 못할 뿐, 쓰는 동시에 읽고, 말하는 동시에 듣는 화자야말로 첫번째 독자이자 청자이므로. 다만 그녀는 말문을 열기 위해 누구라도 상관없는 수신인에 내 이름을 적어놓은 듯했다. 당신이라면 이해할 거라는 믿음으로 메일을 씁니다. 우리 둘 다 해니를 알았으니까요. 메일을 거듭 읽고 나서 내가 추신에서 느낀 안도감은 처음에 느꼈던 안도감과 달랐다. 내가 틀리지 않았다는 데서 온 게 아니라 틀려도 괜찮다는 데서 온 감정이었다. 틀렸기 때문에 시작된 대화였다. 과거나 지금이나 나는 영우 씨의 기대를 배반할 수밖에 없지만, 그 잘못된 믿음으로 인해 영우 씨가 내게 메일을 썼으므로. 듣고 있으니 계속 말하라는 제스처가 될 수 있다면 어떤 말이든 괜찮을 것 같았다.

모두 퇴근한 학원에서 규정 씨와 나는 녹음을 시작했다. 앞서 한 녹음은 엉망이었다. "지금도 괜찮긴 한데 다시 해볼까요?" 돌려 한 말이었지만, 그의 인내심이 줄어든 게 여실히 느껴졌다. 내가 스튜디오는 싫다고 고집을 부려 학원에서 녹음을 하게 됐는데 그를 실망시킨 것 같아 마음이 불편했다. 완벽하게 준비된 상황에서는 오히려 말이 나오지 않을 것 같았다. 규정 씨는 그런 나를 이해하지 못했으나 내가 그랬듯 다른 사람은 모를 사정이 있을 거라고 여긴 듯했다. "편의점에 다녀올게요." 그가 담배를 사기 위해 자리를 비운 틈을 타 나는 옥상으로 향했다.

어디까지 뻗었는지 모를 야경이었다. 여백을 허용하지 않는 도시의 전경과 대조적으로 옥상에서 본 하늘은 허전할 만큼 휑했다. 분명 거기 있을 텐데, 낮에는 선명하게 보이던 구름이 밤에는 흐릿했다. 나는 규정 씨가 메일로 보내준 애니메이션의 주인공들이 어긋난 시공간에서 주고받던 메시지를 떠올렸다. 허구의 메시지처럼 야경 어딘가에서 전파로 오가고 있을 말들이 보이는 듯했다. 그것들이 점점이 그린 투명한 궤적이 하늘을 채웠다. 그 궤적들 가운데 있을 나의 궤적. 나는 어두운 하늘에서 아직 도착하지 않은 말들이 지금 지나고 있을 곳을 헤아렸다. 눈앞에 펼쳐진 야경을 벗어난 시선이 한동안 어느 곳에도 머무르지 않았다.

짧은 휴식이 끝나고 녹음이 재개됐다. "제가 있어서 집중하기 어려운 것 같아요." 규정 씨가 한결 가벼워진 말투로 혼자 녹음을 해보지 않겠느냐고 제안했다. 내레이션 분량은 2분 30초 내외. 약간의 오차는 편집하면서 조정할 수 있으니 시간은 신경 쓰지 않아도 된다고, 규정 씨가 보이스리코더와 마이크를 확인하면서 말했다. 그가 방을 나가고 나는 창고에 홀로 남았다. 소리가 울린다는 이유로 강의실 대신 고른 장소가 창고였다. 난잡하게 쌓여 있는 청소용품과 사무용품, 현수막, 라디에이터 사이에서 나는 가만히 노트북을 바라보았다. 작동법을 듣긴 했으나 막상 혼자 녹음을 하려니 막막했다. 이미 외운 원고를 다시 훑으며 마음을 가라앉혔지만 좀처럼 준비가 됐다는 생각이 들지 않았다. 되돌아보면 준비를 한 적은 있어도 준비가 됐다고 생각해본 적은 없었다. 이런 식으로는 아무것도 할 수 없을 거라고, 나는 수업 준비로 밤을 새웠다가 도리어 망

처버린 나의 첫 수업을 떠올리며 마음을 다잡았다.

　바탕 화면에 저장된 영상을 재생하자 등장인물의 시점에서 본 한밤중 공원의 풍경이 펼쳐졌다. 내가 아는 장소였음에도 불구하고 사운드가 없는 영상 속 공원은 같은 풍경을 공유하는 다른 세계처럼 보였다. 이윽고 화면이 흔들리며 카메라가 이동했다. 나는 아직 화면에 등장하지 않은 등장인물과 함께 아무도 없는 공원을 가로질렀다. 얼마 안 가 멀리 작고 희미한 실루엣이 나타났다. 카메라의 이동속도가 빨라지면서 실루엣이 점점 커졌다. 가로등 아래 서 있는 한 여자가 보였다. 나는 그녀가 기다리는 게 지금 그녀에게 다가서고 있는 남자라는 것을 알았다. 카메라를 응시하며 여자가 무어라 말을 내뱉었다. 차분하게 말을 잇던 여자가 급기야 눈물을 터뜨리며 돌아섰다. 나는 이 순간을 놓치면 여자를 영영 놓칠 수 있다는 걸 알았다. 하지만 여전히 그들 사이에 무슨 일이 있었는지 조금 전 여자가 무슨 말을 했는지 남자가 무슨 말을 해야 하는지 알지 못한 채 헤어지는 두 사람을 지켜볼 수밖에 없었다. 남자가 그녀를 부른 건지 빠른 걸음으로 멀어지던 여자가 걸음을 멈췄다. 그러고는 카메라를 향해 돌아섰다. 앞서 수차례 본 영상이지만 여자의 얼굴에 다른 사람의 얼굴이 겹친 건 처음이었다. 나는 긴박한 마음으로 그녀의 입 모양에 주의를 기울였다. 여자의 입 모양을 따라 입술을 움직이면서 그녀가 하는 말을 알

아들으려고 애썼다. 화면을 되돌려 다시 여자가 말하는 장면을
재생했다. 그리고 여자의 입술에서 시선을 떼지 않았다. 다시
화면을 앞으로 돌렸다. 다시, 다시…… 그러자 머릿속에서만
맴돌던 음성이 어렴풋이 귓가에 들려오는 듯했다. 너무 가까워
의식하지 못한 것처럼 그 목소리는 귓속말보다 더 가까운 곳
에서 내게 말을 건네고 있었다. 누구에게 건네는 말인지 알 수
없었다. 머릿속이 깜깜한 채로 나는 그 음성에 답했다. 그 음성
과 내 목소리가 이어져 있는 것처럼 그간 어떻게 해야 할지 막
막했던 말들이 내게서 흘러나왔다. 그렇게 끌어내는지 끌려가
는지 모를 긴장 속에서 나는 말을 이었다. 계속 말하기 위해 그
음성에 귀를 기울였다. 그 끝에 무언가 있다는 예감만 믿고서,
말하고 또 말했다.

　　……믿기 위해서 말했다.

*

2019-05-12 (일) 02:42

　　RE: RE: 해니에게

　　안녕하세요.
　　유완입니다. 먼저, 영우 씨의 메일 잘 받았습니다.

엉우 씨의 메일을 읽고 몇 날 전 아침에 받은 전화 한 통이 떠올랐어요. 자다가 전화를 받는데 수화기 너머에서 울음이 들렸죠. 전화를 건 사람은 친하게 지내는 후배였어요. 대체 무슨 일인지 궁금했지만 그 애는 말할 수 없는 상태였죠. 눈앞에 없으니 어깨를 토닥일 수도 뒤돌아설 수도 없었습니다. 그저 듣는 것밖에는 할 수 있는 게 없었죠. 누군가의 울음을 듣는 건 천장에서 새는 빗물을 받는 느낌이더라고요. 바깥은 화창한데도 서늘하고 축축한 기분이었어요. 영문도 모른 채 계속 울음을 듣던 중 갑자기 이런 생각이 들더군요. 차라리 그 애가 아무 말도 하지 않았으면 좋겠다고요. 제가 사정을 알아도 그 애의 문제를 해결해줄 수 없으니까요. 그날의 기억이 선명한 건 다른 사람의 울음을 그렇게 집중해서 들어본 적이 없었기 때문인 것 같아요. 아이러니하게도 제가 타인의 슬픔을 가장 직접적으로 느낀 순간이었죠. 말 이전의 표현이라서 그랬을까요. 우는 법을 배우는 사람은 없으니까요.

요즘 전 영우 씨가 양구에서 읽었다던 책을 읽고 있는데 첫 장에 나오는 랍비 이야기를 기억할지 모르겠네요. 하시디즘의 창시자는 힘든 문제를 해결해야 할 때면 숲속에 위치한 어느 장소에 가서 불을 피우고 기도를 올렸죠. 그러면 그가 원하는 게 이루어졌고요. 시간이 흘러 사람들이 숲속 장소와 불을 피우는 법과 기도를 올리는 법을 전부 잊어버린 뒤에

한 랍비가 그들이 망각하고 상실한 모든 것을 글로 써서 원하는 것을 이루었다는 이야기였습니다. 숲과 불 그리고 기도. 그 비유들이 의미하는 바를 추측하는 건 어렵지 않지만, 어느 글이든 써봐야 그 비유들의 정체를 알게 될 거라는 즉감이 들었어요. 이성이라는 곧은길을 두고 에두른 길을 선택하는 건 분명 소모적인 방식이지만, 그게 제가 가려는 곳에 도달할 수 있는 유일한 길이라고요. 구전으로 이어지다 없어진 이야기 속 장소를 찾아 걷고 또 걸어 마침내 숲속 장소에 도달하는 게 글쓰기라는 행위라면 지금 제가 쓰는 것들도 그 장소에 이르는 길일 테죠. 모두 잊었기 때문에 이 길이 맞는지 확인해줄 사람은 없지만, 각자의 길을 걷던 우리가 한 장소에서 만나게 되리란 예감이 들어요. 설령 길이 엇갈리더라도 우리가 거친 경로를 수집해 나중에 지도 한 장은 얻을 수 있지 않을까요. 비유를 통해 확장된 세계의 지도를요.

우리가 처음 만났던 날에 제가 느낀 감정도 이와 다르지 않을 겁니다. 그때 카페에서 저만 말했는데도 우리가 같은 얘기를 하는 기분이지 않았나요? 저만 그랬던 걸까요. 영우 씨의 메일을 읽으면서도 비슷한 기분을 느꼈습니다. 장황한 이야기라고 했지만, 우리가 가고 있는 장소는 오래전 잊힌 장소니까요. 아무도 모르는 그곳으로 가는 길을 설명하는 건 장황할 수밖에요. 세월에 의해 미답의 장소가 된 그곳으로 가던 중 저는 해니와 엉우 씨를 만났다가 중간에 헤어진 듯합니다. 그래선지 지금 제가 느끼는 복잡한 감정을 따라가다 보면 길을 잃은 기분이 드네요.

그러고 보니 후배가 어떻게 됐는지 말하지 않았군요. 제가 담배 세 개비를 피울 때까지 울기만 하던 후배가 문득 생각났다는 듯이 말했습니다. 언니, 출근해야죠. 그게 그날 통화의 처음이자 마지막 말이었죠. 지금도 그 애는 회사를 잘 다니고 있어요. 짐스럽기만 한 일상이 가끔은 우리를 가호하는 기분이 드는 건 정말 위험한 순간에 삶을 지탱해주기 때문인 것 같아요. 그런 까닭에 꾸역꾸역 이어나가고 있는 것 같기도 하고요. 저는 지금 하고 있는 일을 그만둘 예정입니다. 지난 2년간 휴일도 없이 일했으니 잠시 쉬어도 괜찮겠죠. 제 친구는 백수가 되면 다시 일하고 싶어질 거라고 하는데 친구의 말이 맞는지 나중에 전해드릴게요. 완연한 봄인 줄 알았는데 갑자기 날이 쌀쌀하네요. 요즘은 간절기가 짧아지는 추세니 이러다 바로 여름이 될 듯합니다.

부디 환절기 감기 조심하시길 바라며.

장식과 무게

pergŭla, æ, f. (pergo), [en gén] construction en saillie (en avancée), prolongeant une maison, un mur, etc., encorbellement, balcon, etc. : [atelier de peintre] PLIN. 35.84; [boutique, échoppe] ULP. Dig. 5, 1, 19; [tonnelle. berceau de vigne formant promenoir] COL. 4, 21, 2:

PERGULA

PERGULA

[cabane] PETR. 74; [observatoire d'astronome] SUET. Aug. 94; [école, officine] SUET. Gram. 18; VOP. Sat. 10, 4; JUV. 11; 137; [réduit de courtisane] PL. Ps. 214; 229; PROP. 5, 5, 70.

pergŭlānus, a, um, en forme de berceau : [en parl. de vigne] COL. 3, 2, 23.

Pergus, i, m., lac de Sicile, près d'Enna : Ov M. 5, 386.

수위가 파고라라고 부르는 시설물을 나는 페르굴라pérgŭla라고 불렀는데 신비롭고 강인하게 들리는 라틴어 발음이 이모와 잠시 쉬어 갔던 그 시설물에 어울렸기 때문이다.

파열음과 유음, 그 사이를 접붙이는 모음. 내가 그 사어에 숨을 불어넣으며 느낀 건 몇몇 전기문학에서 체험했던 시간의 파괴적이고 재생적인 힘이었다. 발코니, 화랑, 노점, 포도 덩굴로 덮인 구조물⋯⋯ 사전을 읽는 것은 단어의 생을 되돌아보는 것과 같았다. 페르굴라의 어원인 페르고pergo는 계속한나는 의미로 내가 페르굴라의 정의에서 공통으로 발견한 것은 연장과 지속의 관념이었다.

1934년 판 *Dictionnaire Gaffiot Latin-Français*의 1,149페이지에는 삽화가 두 개 있다. 삽화 속 페르굴라와 기억 속 페르굴라는 같은 명칭으로 불렸으나 지붕과 기둥으로 이루어진 구조를 제외하면 전혀 다른 모습이었고, 나는 삽화 속 인물들이 걸친 낯선 복식과 마찬가지로 페르굴라의 예시에서 이질감을 느꼈다.

요즘에도 흔히 볼 수 있는 비슷한 구조의 정자를 나는 퍼걸러pergola라고 불렀는데 이모와 함께 머물렀던 페르굴라와 구별하기 위해서였다. 지금 내가 떠올리는 페르굴라는 콘크리트 기둥과 아크릴 지붕으로 된 옥외 정자로, 특유의 장식이 있다. 장식이야말로 퍼걸러에서 볼 수 없는 페르굴라만의 것이다.

페르굴라가 있던 교정을 다시 방문한 때는 이모와 함께 지냈던 여름방학이 희미해진 어느 공휴일이었다. 언덕으로 이어지는 갈림길에서 나는 정문부터 의도치 않게 같이 걸어온 산책객 무리와 떨어졌다. 그날의 방문 목적은 페르굴라의 사진을 찍는 것이었으나 막상 내가 필름에 담아 온 것은 거대한 수목 한 그루가 전부였다. 줄기와 가지가 보이지 않을 만큼 잎이 무성한 나무가 페르굴라가 있던 자리를 차지하고 있었던 것이다. 나는 시간의 잇새처럼 보이는 잎사귀 사이로 손을 집어넣었다.

부드러운 미풍에도 무섭게 사각거리는 잎사귀들이 페르굴라의 흔적까지 통째로 집어삼킨 듯했다. 돌아가 나는 이제 어디에도 존재하지 않는 구조물을 설명하기 위해 기억 속 페르굴라를 재건해야 했다.

*

페르굴라를 재건하기에 앞서 내 머릿속을 점령한 것은 가우디의 문장이었다. 훗날 '레우스의 수기Manuscrito de Reus'라고 칭해진, 스물여섯의 건축학도 안토니 가우디가 항상 지니고 다녔던 노트에는 그의 건축관의 씨앗이 된 사유가 일정한 크기와 간격을 갖춘 개성 있는 필체로 기록되었다. 어떤 문장은 지나치게 자의적이어서 궤변 같았으나 어떤 문장은 그 깊이를 짐작할 수 없었고, 어떤 문장은 설익은 상태에서도 첨탑처럼 고고했다. 그중에서도 장식에 관한 문장은 기억 속 구조물을 재건하는 초석이 되었다.

장식은 성격 판단의 기준이다.*

* 안토니 가우디, 『장식』, 이병기 옮김, 아키트윈스, 2014, p. 19에서 변용.

건축에서의 양식은 실용성보다 정체성과 관련된다. 같은 자재로 지은 건물도 양식에 따라 인상이 달라진다. 양식이란 한 시대에 공통으로 나타나는 독특한 형식으로, 장식은 양식 중에서도 오로지 성격과 관련된 요소다. 기능적으로는 불필요하지만, 건물의 정체성을 드러내는 표식. 사람으로 치면 장식이란 대상과의 기억이었고 그것은 가장 주관적이고 내밀한 기록의 형식이었다.

2008년에 계약 종료를 3개월 앞두고 이모가 살던 빌라 주인은 이모와 연락이 닿지 않는다며 어머니에게 연락했다. 어머니가 마지막으로 이모를 본 것은 그해 설이었는데 그사이 어머니가 근무하는 복지관에 감사가 나왔고, 조모의 치매는 심해졌다.

46세 독신 여성, 번역가이자 강사. 이어진 담당 경사의 질문에 어머니가 했던 대답은 "글쎄요"와 "모르겠어요"가 대부분이었다. 다른 가족들이 대답했어도 그보다 나은 대답을 하진 못했을 것이다. 당시 어머니와 경사 간에는 작은 실랑이가 벌어졌는데 경사가 가출일 거라고 말한 게 화근이었다. "솔직히 그럴 만하잖아요." 그럴 만한 사람이 어떤 사람이냐고, 경사가 후배에게 서류 작성을 맡기고 자리를 피한 뒤에도 어머니의 흥분은 쉽사리 가라앉지 않았다. 사실 실종 신고는 어머니의 독단적인 결정이었고, 일단 기다려보자며 외삼촌이 신고를 주저

한 것도 경사가 말한 '그럴 만한 사람'과 무관하지 않았다.

　　1993년 겨우내 여행을 계획했던 이모 부부는 정초가 지나 꽃샘추위가 풀릴 즈음 속초로 여행을 떠났다. 3월 17일 이모 부부가 탄 그랜저는 토사를 가득 실은 15톤짜리 덤프트럭과 추돌했다. 31세의 남성이 즉사하고 조수석에 탄 여성이 중태에 빠진 교통사고는 지역 저녁 뉴스에 보도되었다. 뉴스에는 언급되지 않았지만 그 사고로 5개월 된 태아도 죽었다. 늑골 세대가 부러지고 차체에 받혀 오른쪽 허벅지의 살점이 떨어져 나간 이모는 그해 초여름 피부 이식 수술을 받고 나서도 1년간 재활 치료를 받아야 했다. 몸이 회복되자마자(그보다 흉터와 만성이 된 통증에 익숙해진 것에 가까웠지만) 이모는 가족들에게 알리지 않고 독일로 떠났다. 2003년 귀국하기까지 이모가 한국에 온 것은 한 차례, 외조모의 임종 때였다. 그렇게 큰일을 겪었으니 당연하다고, 어른들은 이모의 독단적인 행동을 그 비극적인 사고와 연결했다. 여름휴가차 다 같이 간 거제도에서 이모가 말도 없이 서울로 돌아갔던 때에도 마찬가지였는데 그게 아니면 도저히 이모의 행동을 이해할 수 없기 때문이었을 것이다. 때론 오해가 진실보다 쉽고 명료했기에.

　　정우신은 어떤 사람이었나.

이모의 실종 후 이모와 알고 지낸 사람들은 실종이라는 사건에 포함된 미스터리를 풀기 위해 저마다 기억을 더듬어야 했다. 사라진 사람은 누구인가. 왜 그리고 어떻게 사라졌나. 이에 사람들은 뭐라 답했던가. 외삼촌은 불시에 기습한 적의 얼굴을 잊지 않으려는 군인처럼 나를 빤히 응시했다. "아가씨가 제 속을 드러내는 사람은 아니었잖아." 외숙모의 대답은 이모에 관해서 잘 모르는 건 제 탓이 아니라는 변명처럼 들렸다. 어떻게든 이해하려 했던 그간의 노력이 실은 방관이 아니었는지, 최선이라고 생각했던 그것이 최선이 아니었던 건 아닌지, 지난 시간을 되짚던 어머니의 마음에 솟아난 건 당신을 향한 의구심이었다. "좋은 사람이었지." 이모의 대학 동문이자 번역 회사 이사인 규호 아저씨의 대답은 모호하기 그지없었다. 반면, 모호하지만 선명한 말도 있었다. "다들 집으로 돌아간 저녁에 혼자 공원에 남아 보물찾기를 하는 소녀 같았습니다." 리하르트는 직접 만들었다는 밤나무 의자에 앉아 이모와 알고 지낸 9년을 회상했다. 말을 마친 뒤에도 리하르트의 시선은 덫에 붙잡힌 것처럼 한참을 가시덤불에서 빠져나오지 못했는데 나는 그런 그를 따라 가시덤불을 살폈으나 정확히 무엇이 그의 시선을 붙잡고 있는지 알 수 없었다.

이처럼 한 사람에 관한 진술이 저마다 다른 것은 그 판단의 전제가 되는 일화들이 각자 다르기 때문일 것이다. 나의 유년에 이모는 골판지 상자로 등장했다. 그 상자는 언제나 어머니를 통해 전해 듣던 이모의 존재를 증명하는 지표였다. 이모가 독일에서 보낸 상자는 일주일에서 열흘 정도에 걸쳐 내게 도착했다. 운송장과 테이프, 스티커로 도배된 상자는 꼭 어느 한 곳이 찌그러져 있었는데 상자가 거친 긴 여정의 피로를 표상하는 듯했다. 내게는 상자를 개봉하기 전에 치르는 의식이 있었다. 양손을 저울 삼아 상자의 무게를 가늠하는 것이었다. 상자가 크고 무거울수록 기대치도 상승했다. 이윽고 문구용 칼로 상자를 가르면 그림책과 시리얼, 비타민, 감기약, 옷, 이불, 헤드폰 같은 물건들이 나왔다. 지금 제일 기억에 남는 건 아직도 사용 중인 펠리칸 만년필이 아니라 그 물건들을 감싸고 있던 골판지 상자다. 볼품없는 그 상자야말로 지금 생각하면 가장 신비로운 물건이었다. 얼마 안 가 밝혀질 상자의 시시한 수수께끼는 언제나 어린 내게서 비합리적인 기대를 끌어냈고, 상자에 들은 물건들의 가치는 그 안에 무엇이 들어 있는지 추측하는 동안 제일 높았다. 이내 그것은 기쁨과 실망으로 바뀌었고 확인과 동시에 상자는 버려졌다.

실종 신고 당시, 그런 건 도움이 되지 않는다며 경사는 묻지도 않은 이야기를 늘어놓는 어머니의 말을 잘랐다. 그도 그럴 게 이모와 관련된 기억 대부분은 너무 먼 옛날에 머물렀다.

우리가 경찰에게 건넨 증명사진은 이모의 책상 서랍에서 찾은 하늘색 사진관 봉투에 들어 있던 것이다. 이모의 실종이 길어지면서 나는 그 사진으로 인해 이모를 찾지 못한 게 아닌지 의문을 품었다. 증명사진은 분명 사실적이었으나 내가 기억하는 이모의 모습과는 달랐다. 단정한 미소를 짓고 있는 사진 속 이모는 건물의 파사드와 같이 바깥에서 어떻게 보일지 치밀하게 계산된 결과물 같았다. 그 사진은 거울과 같은 불투명한 속성을 품고 있었다. 로비 안쪽을 보려는 내 모습만 비추던 광화문 고층 빌딩의 유리창처럼 자신을 완전히 드러낸 것처럼 보이지만, 내면에 관해선 아무것도 내보이지 않았다.

나중에 나는 이모의 책장에서 책을 찾다가 연대기순으로 정리된 앨범에서 이모와 가장 가까운 사진을 발견했다. 이모의 유년 시절 사진으로, 세 남매가 함께 자랐던 익선동 한옥에서 찍은 것이었다. 어머니의 설명에 의하면 생애 처음 카메라를 산 외할아버지가 테스트를 위해 세 남매를 불러 모아 찍은 사진이었다. 사진 속 이모는 열 살 전후였으나 수많은 변화를 거치게 될 앳된 얼굴은 아이러니하게도 내가 기억하는 이모와 가장 흡사했다.

사진을 보고 있으면 렌즈 뒤쪽에서 지시하는 외할아버지의 모습이 그려진다. 뙤약볕이 내리쬐는 마당에서 낮게 햇빛이 드리운 마루로, 그늘진 부엌으로, 조리개 사용법을 몰라 빛의 노출이 적은 장소로 남매들을 이동시키는 외할아버지는 오브제를 배치하는 화가와 같다. 물론 미술관에 가본 적도 없는 외할아버지는 그저 선명한 사진을 찍고 싶다는 생각밖에 없었겠지만. 그렇게 찍은 사진에서 십대 후반으로 추정되는 외삼촌과 어머니는 카메라 정면을 응시하고 있고, 혼자 왼쪽으로 몸을 튼 이모는 어딘가를 가리키고 있다. 이모의 손이 가리키는 방향에는 천장에 닿을 듯 커다란 유리 장식장이 있었는데 장식장에 든 물건들—다과용 접시와 찻잔, 외할아버지가 수집한 술 앞에 놓인 토끼와 부엉이 모양의 도자기 소품—은 유리에 반사된 형광등 때문에 부분이 깨져 보였다. "가만히 있으라니까." 멀리서 외할아버지의 탄식이 들리는 듯했다.

이모가 가리키는 것은 사진에 나오지 않은 훌라후프로, 장식장과 벽 사이에 세워진 것이었다. 어느 명절, 친척들이 모인 자리에서 나는 그 훌라후프에 관해 들었다. 하루는 장난기가 솟은 어머니가 경사진 지반 때문에 저절로 굴러 나왔던 훌라후프를 두고 유령의 짓이라며 이모를 겁줬고, 그로 인해 한동안 어머니는 이모의 유령 타령에 장단을 맞춰야 했다. 지겨워진 나중에 사실을 밝혔지만, 이모는 믿지 않았다. 오히려 그사이 비밀 친구가 된 유령을 위해 집 안 곳곳에서 '유령'이 존재하는 증거를 찾고 다녔다. 정전기는 유령의 질투였고 사라진 과자는 유령이 먹은 것이었으며 금이 간 벽은 유령이 그린 그림이었다. 이모의 유령 타령은 몇 달간 계속되었는데 내가 본 사진은 유령이 존재하던 시기에 찍은 것이었다. 시선을 따라 뻗고 있는 팔, 물갈퀴처럼 현상된 움직임은 사진 속 어린 이모가 대과거에서 사진을 봤던 과거로 시간을 헤엄쳐 오는 듯한 착각을 불러일으켰다. 어깨까지 오는 반곱슬머리에 가려져 있는 탓에 이모의 얼굴에서 볼 수 있었던 거라곤 입술뿐이었다. 어릴 적 봤던 〈루니 툰〉의 트위티 버드를 떠올리게 하는 그 입술은 이모의 눈에만 보였던 유령을 부르듯 당시 태어나지도 않았던 내게 말을 건넸다.

*

그해 여름의 기억은 바흐의 『평균율 클라비어 곡집』에 대한 평가와 일치한다.

"세상의 모든 음악이 사라지더라도 바흐의 평균율만 있으면 선율을 재창조할 수 있다."

이모가 독일 생활을 접고 귀국한 2003년에 나는 중학교 3학년이었다. 이모는 집을 구하기까지 한 달간 우리 집에 머물기로 결정했다. 반쯤 빈말로 머물기를 제안한 어머니도 예상치 못한 일이었다. 막상 이모가 올 시기가 가까워지자 어머니의 얼굴에는 근심이 어렸다. 내가 봉인된 가족사였던 이모부와 태아의 죽음에 관해 듣게 된 것도 그때였다. 그러니 그와 관련된 질문은 하지 말라고 이모가 도착하기 전까지 어머니는 거듭 주의시켰다.

이모가 귀국한 첫 주는 친척들의 방문으로 떠들썩하게 지나갔다. 이후 어머니가 복지관으로 출근하면 집에는 이모와 나만 남았다. 포항 발령으로 주말에만 볼 수 있었던 아버지는 이모가 머문 한 달간 집에 오지 않았다. 어차피 토요일 저녁에 외식하는 게 아버지가 집에 와서 하는 일의 전부였기에 나는 아버지의 빈자리를 느끼지 못했다. 매일 점심을 먹기 전에 영어 공부를 하고 해가 질 무렵 인근 대학교 교정으로 산책하러 가는 게 그 여름의 일과였다. 중간에 이모는 집을 보러 나가고, 나는 친구네 집에 놀러 다녔지만 개인적인 외출은 단조롭게 반복되는 일과 안에서 이루어졌고, 그 일과는 느리고 규칙적인 심장박동처럼 일상에 안정감을 부여했다.

우리의 산책 코스는 옛 안기부 자리였다. 청사가 이전하고 남은 부지와 건물에 대학교가 들어섰고, 교정엔 24시간 경비원이 상주해서 동네에서 가장 조용하고 안전했으나 을씨년스럽고 음울한 분위기 탓에 일부 주민들은 꺼리는 장소였다. 실제로 귀신을 봤다는 이웃들도 있었다. 안기부에 잡혀갔다 죽은 이들의 원혼이라고 했다. 안기부에 관한 소문과 귀신을 봤다는 목격담은 출처가 불분명하고 근거도 없었다. 실제로 소문과 관련된 사건늘은 대부분 남산에 있는 제5별관에서 일어났으나 담장 위에 박힌 쇠창살과 철사는 안기부에 관한 소문에 구체성과 확신을 더했다. 교정을 걷는 걸음이 나도 모르게 빨라진 것은 야산이 시작되는 부근에서 누군가 나를 쳐다보는 듯한 기분 탓이었다. 옛 안기부 건물에서도 평소보다 감각이 예리해졌다. 멀리서 하얗게만 봤던 건물이었다. 외벽의 물때와 초침보다 빠르고 희미한 소음, 서늘한 공기에 밴 곰팡이 냄새. 고유성이라고는 찾아볼 수 없는 건물에 가까이 갈수록 흐릿한 감각이 뚜렷해졌다. 그러나 장식 없이 단조롭게 이어진 창문은 대부분 커튼으로 가려져 있었다. 간혹 창문 위로 사람들의 모습이 나타났지만, 신원 미상의 실루엣은 건물 안으로 들어가는 걸 더욱 꺼림칙하게 만들었다. 이모는 그런 나를 본관 입구에 세워두고 건물 안 화장실을 다녀왔다. "별거 없다니까." 이모의 말은 나를 안심시키지 못했다. 왠지 이모라면 그 안에서 무언가 마주쳤더라도 태연하게 지나칠 것 같았다.

페르굴라를 발견한 것은 우신 이모였다. 하루는 이모가 길에서 나를 끌어내 수풀 쪽으로 데려갔다. 그때까지 우리가 페르굴라를 발견하지 못한 까닭은 관목과 소나무 뒤에 페르굴라가 가려져 있었기 때문이다. 콘크리트 기둥에 아크릴 지붕을 얹은 장방형 구조물은 다른 건물을 만들다 남은 자재로 지어진 것이었다. 철봉으로 된 격자무늬 슬래브가 기둥과 지붕을 연결했고, 담쟁이와 장미 덩굴이 전체를 감싸고 있었다. 식물에 의해 엄폐된 구조물은 그곳을 발견한 사람에게만 쉼터를 제공했다. 그 쉼터는 투명한 아크릴 판이 햇빛을 막지 못하는 까닭에 여름 한낮에 적합하지 않았으나 해가 저물고 산책을 나왔던 이모와 내가 머물다 가기에는 더할 나위 없이 좋은 장소였다. 겉보기에 이모는 완치된 것처럼 보였지만, 여전히 후유증에 시달렸다. 치료보다 평소 꾸준히 걷는 게 중요하다며 종일 외출했던 날에도 산책을 빠뜨리지 않았다. 혼자 걸으면 40분 정도 걸리는 산책이 이모와 함께할 경우 보통 한 시간 정도 소요됐고, 페르굴라를 발견한 이후에는 더욱 길어졌다.

페르굴라에서 이모와 나는 짧게 5분에서 길게는 한 시간가량 머물렀다. 나의 고정석이었던 노란색 벤치에서는 오른쪽으로 본관 건물이, 왼쪽으로 교정을 감싸는 야트막한 산이 보였다. 벤치와 등진 별관에서는 학생들의 연주가 흘러나왔다. 그 연주는 관성과 의지의 대결 같았다. 작곡가의 지시를 어긴 대가로 연주가 다시 처음으로 돌아가는 가운데 지루함과 지겨움을 참지 못한 나는 벤치 위를 기어 다니는 개미를 잡아 풀밭에 던졌다. 매일 걷는 산책로는 한 달이 되기 전에 시시해졌고, 익숙해지는 것과 동시에 막연하게 품은 두려움도 옅어졌다. 집으로 돌아갈 때의 풍경은 기억나지 않는다. 둥글게 손질한 꽝꽝나무와 가이즈카향나무, 꽃이 피었을 때만 알아볼 수 있었던 수수꽃다리, 벚나무, 진달래, 조팝나무, 도무지 구분할 수 없었던 소나무 종들. 낮에 보았다면 아름다울 것들이었으나 밤에는 어둠과 구별되지 않았다. 교정을 지나는 나의 시선은 대부분 어둠 속에 징검다리처럼 서 있는 가로등을 향해 있었다. 가로등은 일정한 간격으로 이어졌으나 빛을 두고 자리싸움하는 하루살이들로 그 주위는 늘 어지러웠다.

2015-03-25 (수) 10:03

내게는 우신처럼 신년마다 안부를 물어오는 직장 동료가 있습니다. 친절한 사람이죠. 제가 은퇴한 뒤에도 그는 매년 엽서를 보내왔는데 올해에는 아직 엽서가 도착하지 않았습니다. 오늘은 정원 일을 하던 중 집배원이 엽서를 빠뜨린 게 아닌지 의심이 들었습니다. 아니면 그의 신변에 문제가 생긴 걸까요. 어쩌면 잊어버린 건지도 모르죠. 지난주 보낸 제 엽서를 받고 뒤늦게 답장을 쓰고 있을 수 있습니다. 여러 추측으로 머릿속이 복잡한 가운데 우신의 가족들도 이러한 가능성들로 인해 오히려 힘들지 않았을까 생각했습니다.

우신이 실종되고 2년간 나는 우신에게 쓴 엽서를 버려야 했습니다. 주소를 쓸 차례가 되어서야 수신인이 없다는 사실이 떠올랐죠. 올해에는 매년 반복하던 실수를 하지 않았습니다. 우신이 없다는 사실에 적응한 것일 수 있지만, 나는 현 때문일 거라고 생각합니다. 내게 사진을 찍어 보내려고 했다니 현은 정말 사려 깊은 사람입니다. 그나저나 페르굴라가 없어진 건 정말 유감입니다. 사람들은 왜 페르굴라를 철거했을까요? 그것은 아주 매력적인 건축물인 것 같았는데. 고백하자면 나는 사진을 보지 않게 되어서 다행으로 여겼습니다. 제가 흥미로웠던 건 현이 설명해준 페르굴라였으니까요. 다만 나의 상상이 현의 페르굴라를 망가뜨리는 건 아닌지 우려될 뿐입니다.

이모의 집으로 이사한 지 얼마 안 됐을 무렵, 나는 우편함에서 이모 앞으로 온 엽서를 발견했다. 이모가 돌아오리라 믿었던 어머니는 당신의 명의로 계약한 산본 빌라의 관리를 내게 맡겼다. 두 달 뒤 이모의 실종과 메일 주소를 적어 보낸 편지의 답장이 도착했다. 리하르트는 이모의 독일 생활을 함께한 지인으로, 과거에 이모에게 들은 적이 있었다. 리하르트의 메일은 독일에 사는 지인들에게 이모의 행방을 수소문했으나 별다른 소득이 없다는 내용이었다. 그렇게 리하르트와 나는 2009년부터 계속 서신을 주고받았다. 그간 리하르트는 일기에서 이모가 등장하는 부분을 발췌해 내가 모르는 독일에서의 이모에 관해 알려줬고, 연상 작용의 일종으로 나는 기억 속의 이모에 관해 쓰게 되었다.

내가 쓴 것들은 주로 과거의 산책에서 나왔다. 산책 중에 이모는 많은 것을 말했다. 독일에 있는 연상의 친구와 그 친구의 가족과 갔던 여름휴가, 그 밖에 우리가 걷는 길에서 마주친 산짐승과 조경수의 종류나 곤충과 새의 습성, 차이콥스키와 슈만과 같은 별관에서 들리는 곡을 쓴 작곡가의 삶, 그들의 욕망과 좌절, 생활고와 정신착란, 그 와중에 곁을 지킨 아내나 내연녀들, 그녀들의 사랑, 연인들 사이에 있었던 질투와 광증에 관한 이야기가 있었다. 대부분 처음 듣는 것들이었고, 이모가 들려준 이야기에서 나는 많은 것을 배웠다. 우리가 걸었던 교정의 건물을 건축가 김수근이 지었다는 것도 그때 알게 된 것 중에 하나였다.

한국 건축 1세대로 존경받는 김수근의 작업물에는 국가사업의 일환인 대사관, 올림픽 경기장, 박물관을 비롯해 특유의 경건한 느낌을 활용한 교회와 성당, 민간 건축물 등이 있다. 그의 건축물에서 가장 특이한 것은 바로 남영동 대공분실로, 앞의 건물들이 김수근의 건축 인생의 빛이라면 대공분실은 그늘로 여겨지는 작품이다. 그 건물의 5층 창문이 유독 작은 까닭은 고문 취조를 은폐하고 고문의 대상이 창밖으로 뛰어내리는 것을 방지하기 위한 목적이었다. 대낮에도 빛이 들지 않는 공간과 몇 층인지 가늠할 수 없게 만드는 나선형 계단, 소리가 크게 울리게 만든 복도는 피의자의 시청각을 어지럽히며 불안을 가중했다. 대공분실은 그야말로 이성을 교란하고 공포를 극대화하기 위해 치밀하게 계산된 결과물이었고 거기서 1987년 박종철 고문치사 사건이 일어났다. 나는 대공분실을 지은 건축가라면 까닭 없이 사람을 긴장시키는 본관의 음산한 분위기를 만들어냈을 법하다고 생각했다.

당시에는 몰랐지만 나는 순진한 청자였다. 한국 건축사를 다뤘던 교양 수업에서 나는 본관 건물이 김수근의 작품이 아니라는 사실을 알게 됐다. 옛 안기부 건물은 자재와 구조부터 김수근의 다른 작품과 확연히 달랐으나 이모를 통해 처음 김수근이라는 건축가를 알게 된 내가 거짓말을 알아챌 리 없었다. 은폐된 역사적 진실을 이모가 알고 있던 것이 아닐까. 이모의 영향 아래 있던 나는 강사의 말을 믿지 못했다. 결국 이모의 말이 거짓이었다는 걸 받아들일 때에도 실망은커녕 새삼 감탄했다. 일부러 거짓말을 한 거라면 이모는 능숙한 이야기꾼이었다. 역사적 사실보다 그럴듯한 거짓말은 김수근 특유의 빛 활용이 어둠의 속성을 깊이 이해한 데에서 비롯했다는 강사의 설명처럼 이야기의 본질을 알기 때문에 가능했다. 사실과 허구의 구분보다 중요한 건 그것을 통해 이야기하려는 바였고, 단순한 회상으로 시작된 메일은 내게 파악해야 할 과제를 남겼다.

근 10년 만의 방문이었다. 경비 초소에서는 수위가 유신

시대의 장식품처럼 졸고 있었나. 어머니가 일하는 복지관 근처로 이사한 이후 나는 동창을 만나기 위해 옛 동네에 들른 적이 있으나 대학교 안까지 들어간 적은 없었다. 내가 다시금 페르굴라를 찾아간 까닭은 당시 리하르트에게 페르굴라를 설명하는 데 한계를 느꼈기 때문이다. 기억은 대부분 희미하지만 일부는 사진보다 세밀하고 강렬하다. 일기와 편지, 메모, 스케치, 사진. 기록의 형식 중에서도 기억은 가장 내밀한 대신 사실 여부를 개의치 않으며 변칙적이고 유형성을 거부한다. 리하르트가 관심을 표명하기 전까지 페르굴라는 산책 중에 쉬어 갔던 조악한 쉼터에 불과했다. 그간 나는 최대한 객관적으로 접근했지만, 페르굴라의 형태와 구조, 자재를 사실적 언어로 묘사할수록 그것은 주변에서 흔히 보는 퍼걸러에 가까워졌다. 퍼걸러와 페르굴라의 차이는 무엇인가. 과거 관목과 수풀에 가려 페르굴라를 발견하지 못했던 것처럼 무언가 놓치고 있는 듯한 기분이었다.

건물과 부지의 수명은 그것을 점유하는 인간보다 길다. 남산과 이문동으로 나뉘어 있던 과거 안기부는 1995년 내곡동으로 기관을 이전했다. 기존의 부지와 건물을 어떻게 사용할지가 관건이었는데 남산 건물은 호스텔과 시청 별관, 소방재난센터가 되었고, 문화재청 소속으로 바뀐 이문동 부지와 건물은 학교로 사용되었다. 페르굴라가 있던 공간의 역사를 조사하면서 나는 페르굴라에서 봤던 풍경―부지를 둘러싼 낮은 산과 비슷한 높이의 건물, 몰개성적인 외관이 경계와 은폐가 강조되는 정보기관의 성격에 가장 적합한 형태였다는 것을 알게 되었다. 그 공간에 맴도는 기관의 역사와 와전된 소문은 무성한 덩굴식물처럼 페르굴라에 얽혀 있었다. 그러나 그것이 엮여 있는 방식은 도제식으로 전승되는 기술과 같이 내게는 알 수 없는 것으로 비쳤다.

같은 장소였으나 교정의 풍경은 2003년 여름의 기억에서 벗어나 있었다. 몇몇 건물은 아예 없어졌고, 조금 떨어진 곳에 신축 교사가 들어섰다. 페르굴라가 있던 자리에는 거대한 수목 한 그루가 있었다. 기억이 아니었다면 지나쳤을 만큼 거목의 뿌리는 땅속 깊이 자리했다. 페르굴라는 사라졌지만 과거 페르굴라에서 느꼈던 기묘한 불안감은 여전히 그 자리에 남아 있었다. 엄밀히 말하면 그 분위기는 페르굴라의 것이 아니었다. 페르굴라에서 보는 풍경, 오른쪽의 본관과 왼쪽의 야산이 자아낸 것이었다. 몰개성적이어서 오히려 인상적이었던 본관과 달리 페르굴라는 어떤 인상도 남기지 않았다. 사방이 개방되고, 아크릴 지붕으로 투명하게 하늘을 비추던 구조물은 내가 그 아래 있다는 사실마저 잊게 했다. 그러한 특징 때문에 페르굴라는 행인들의 눈에 쉽게 띄지 않았던 것이리라.

그날 교정을 벗어나기 전에 나는 한 번도 들어가본 적 없는 본관 건물로 들어갔다. 과거에 내가 그 건물을 꺼렸던 까닭은 아마도 그곳이 하나의 요새처럼 여겨지고 그 안에 들어가면 빠져나올 수 없다는 생각이 들어서였다. 평일 오후였으나 건물 내부는 한산했다. 대낮에도 햇빛이 들지 않는 건물 내부에는 형광등이 켜져 있었다. 서늘한 복도로 들어서자 예상 밖의 구조가 나타났다. 밀폐됐다고 생각한 건물은 보이드 구조로, ㅁ 자로 된 복도가 작은 뜰을 감싸고 있었다. 작은 연못이 있는 중정에는 곳곳에 수석이 놓여 있었고 잔디와 다양한 식물이 남은 공간을 채웠다. 중정의 조경은 야산과 본관 건물을 합쳐놓은 듯한 모습이었다. 따로 보면 음산한 풍경들이었으나 합쳐놓으니 이질적인 조화를 이뤘다. 녹음은 흰 외벽과 대조되어 산에서 보는 것보다 색이 선명하고 짙어 보였고, 햇빛은 생명력이 충만한 동물처럼 공간을 돌아다녔다. 머릿속에 떠오른 단어는 파라다이스, 고대 이란어에서 유래한 그 단어는 폐쇄된 공간을 뜻했다. 바람이 불자 나뭇잎이 산란하게 흔들렸다. 동인은 같았으나 움직임은 중첩하지 않았다. 사방이 벽으로 가로막혀 있는 가운데 그 움직임을 조종하는 바람이 어디서 불어왔는지 알수 없었다. 다만 그 바람으로 인해 중정 안에 있는 것들이 생동하는 것은 분명했다.

현, 잘 지냅니까.

나는 여행 중입니다. 마지막 편지에서 현은 연애 중이었는데, 지금도 그 사람과 만나고 있는지 궁금하군요. 답장이 너무 늦었는지 모르겠습니다. 갑작스럽게 찾아드는 상대방과의 거리감과 불안감, 모호함이야말로 현의 애정과는 별개가 아닌가 생각합니다. 그러한 가운데 연애를 이어나가는 어려움에 관해선 나도 마땅히 해줄 말이 없군요. 다만, 머릿속에 이야기 하나가 떠오릅니다. 현도 아마 호손의 웨이크필드의 이야기를 흥미로워할 듯합니다. 웨이크필드는 출장을 간다고 집을 떠나 20년간 옆길에서 살았던 기인입니다. 부인은 남편이 살아 있는 줄도 모르고 미망인으로 지내죠. 소설 속 화자는 웨이크필드의 성격을 설명하며 평범하기 그지없는 사내가 그런 기행을 저지른 까닭을 추측하지만, 핵심적인 부분에서는 모호하게 서술합니다. 그런데 이상하지 않습니까. 옆길에 살았는데 웨이크필드 부인은 어떻게 남편의 존재를 몰랐을까요. 장을 보고 오다가 지나쳤을 수도 있고 웨이크필드를 목격한 이웃들의 말을 통해 남편이 살아 있다는 것을 알 수 있지 않았을까. 나로서는 그런 의문이 들더군요. 그게 아니라면 부인이 20년 뒤에 돌아온 남편을 다시 받아주는 일은 없었을 거라고 말이죠. 하지만 그녀는 남편을 찾아가지 않았습니다. 부인은 남편에게 자유를 주고, 남편은 부인에게 안도감을 주면서 20년간 그들은 따로 또 함께 살았습니다. 나는 그게 그들이 가족으로 살아가기 위해서 지켰던 모종의 규칙이 아니었나 생각합니다. 막상 소설을 직접 읽으면 현은 다른 의견을 가질지 모르겠습니다. 현과 같이 있다면 즐겁게 웨이크필드 부부에 관한 견해를 나누겠지만, 지금은 바람에 불과하군요. 다시 현을 만날 즈음에 우리는 웨이크필드에 관해 까맣게 잊고 다른 이야기를 나눌지 모르겠습니다. 하지만 그것은 그 나름대로 즐거울 겁니다.

이 메일을 받은 것은 2007년 9월이었고, 나는 두번째 연애를 끝낸 상태였다. 2003년 여름 이후 이모와 가끔 주고받았던 메일은 대부분 삭제했지만, 몇몇은 스팸 메일 사이에 남아 있었다. 당시 논문 때문에 방문한 독일에서 이모는 이 메일을 보냈다.

이전까지 취향이랄 것도 없이 부모님의 방식을 무작정 따랐던 내가 스스로 선택한 첫번째 롤 모델, 그게 우신 이모였다. 느린 말투와 바른 자세, 대화하는 상대와 눈을 맞추는 습관, 최대한 단순하게 만드는 것에 목적을 두고 디자인한 옷들, 텔로니어스 몽크. 어떠한 자각도 없었고, 여과도 없었다. 지금 생각하면 놀랄 만큼 그 시절 나는 이모의 일거수일투족을 내 것으로 만드는 데 열중했다. 이모가 귀국한 며칠 사이에 나는 샌들우드 냄새를 구분하게 됐고 수프를 먹을 때 아래에서 위로 숟

가락을 뜨게 됐다. 이모가 쓰는 독서용 안경이 갖고 싶어서 밤마다 스탠드를 멀찍이 떨어뜨린 채 침침한 상태로 책을 읽었고, 외출하기 전마다 이모의 향수를 뿌렸다. 내가 그랬듯 다른 사람이 내게서 좋은 냄새를 맡고 칭찬해주길 바라며 평소보다 몸짓을 크게 했다. 나는 사춘기 특유의 문화적 기아 상태로 이모의 취향을 흡수하는 데 빠져 있느라 그 여름 아버지가 서울 집에 오지 않는 것과 어머니의 귀가가 점점 늦어지는 것을 이상하게 여기지 않았다. 부모님은 내가 고등학교에 입학하던 해에 이혼했다.

그해, 여름방학이 끝나기 전에 이모는 경기도 산본에 구한 집으로 이사했다. 여름 이후 나는 이모에게 꾸준히 메일을 보냈는데 내용은 시시할 만큼 사소했다. 성적 스트레스 아니면 친구와 있었던 일, 부모님의 이혼. 그즈음의 근황이나 고민이었다. 이모의 답장은 언제 올지 몰랐지만 언제고 오기는 했고 언제나 정중한 문어체로 되어 있었다. 초반에 나의 답장은 경어와 반말이 뒤섞여 혼란스러웠으나 이내 무작정 이모의 문체를 따라 하다 문어체에 정착했다. 상대방을 존중하는 동시에 상대방으로부터 존중받는 그 문체를 쓰면 성숙해진 기분이었다. 다른 가족들은 이모와 내가 메일을 주고받는 것을 알지 못했다. 숨긴 것은 아니었으나 굳이 먼저 말할 필요도 없었다. 그것은 서신으로만 만날 수 있는 이모였고 그런 이모를 아는 사람은 가족들 가운데 내가 유일했다. 그 사실이 나를 특별한 존재로 만들었다.

언제부턴가 이모를 마주할 때마다 내가 느낀 불편함은 어린 시절의 우상을 잊은 데에서 온 죄책감과 비슷했다. 이모는 내가 저버린 세계에 속한 사람이었다. 이모를 보는 나의 시선이 변한 것은 대학교에 입학하고 나서였다. 거기서 다양한 사람을 만났고 그중에는 이모보다 젊고 세련된 취향을 가진 사람들도 있었다. 과거에 그랬듯 나는 다른 이들의 영향을 받아 성장했다. 확장이 아닌 파괴와 재건의 방식으로, 기존의 것들을 버려가면서. 실종됐을 무렵 내게 이모는 명절에나 보는 사람이었다.

메일을 받은 당시 나는 이모의 권유대로 호손의 단편을 읽으려 했으나 과제 같은 시답잖은 것들에 밀려 잊어버렸다. 그로부터 7년 뒤에 부산으로 출장 가는 기차에서 나는 호손의 단편소설집을 읽었다. 소설의 화자는 웨이크필드에 관해 "때때로 이 좋은 사람에게서 나타나는 어떤 이상한 성격 같은 것, 이런 것들에 대해서 어느 정도 알고 있었다. 그런데 이상한 성격이라는 것은 뭐라고 분명히 말할 수 없는, 어쩌면 실재하지 않는 것일지도 몰랐다"*라고 서술하는데, 이 대목에서 내가 연상한 사람은 옛 애인이 아닌 이모였다.

* 너새니얼 호손, 『미를 추구하는 예술가』, 천승걸 옮김, 민음사, 2016, pp. 23~24에서 변용.

*

　리하르트의 초청은 갑작스러웠으나 오래전에 한 약속을 이행하듯 나는 그의 초청에 응했다. 리하르트를 만난 것은 2016년 가을 즈음이었다. 수년간 주고받은 메일로 그와 나 사이에는 우정 비슷한 친밀감이 쌓여 있었다. 한 달분이 넘는 월급을 일주일 여행에 쓰든 목적지가 이모를 연상시키든 어머니가 탐탁지 않게 여길 것이 분명했기에 어머니에게는 알리지 않았고, 실제로 연락하지 않은 일주일간 어머니는 평소와 같이 내가 바빠서 연락하지 않았다고 여겼다.

　육십대 후반의 남자가 카페 안으로 들어서더니 곧장 내게 다가왔다. 나는 카페에서 유일한 동양인이었다. 낡은 사냥용 재킷을 걸친 그는 오른손에 들고 있던 묵직한 봉투를 바닥에 내려놓고는 어색하게 서 있던 나를 껴안았다. 지난 7년간 리하르트와 메일을 주고받으면서 그가 가상의 인물이 아닌지 의심했던 나는 낯선 독일인의 품에서 안도감을 느꼈다.

　그는 시내에 나온 김에 모종과 장화를 샀다고 했다. 2년 전 은퇴한 이후 리하르트의 삶은 조경가로서의 삶이라 칭해도 무방했다. 정원을 가꾸는 데 하루의 대부분을 쏟았다. 그가 페르굴라에 보인 관심도 정원에 지을 유리온실 때문이었다. 그는 메일로 막 완공한 온실 사진을 보내주기도 했는데 그것은 작고 단순한 수정궁처럼 보였다. 1851년에 지어진 초대형 유리온실인 수정궁은 당시 기술력의 집약체였으나 이제 주철로 만든 뼈대에 판유리를 붙인 평범한 구조물이었고, 리하르트도 그 사실을 모르지 않았다. 다만 디자인부터 시공까지 혼자 완성한 데에 특별함이 있는 듯했다.

"마리아가 함께하지 못해 아쉬워했습니다." 리하르트에 의하면 그의 두 자녀는 아직도 이모의 소식을 묻는다고 했다. 리하르트만이 아니라 그의 가족 전원에게 이모는 소중한 사람이었다. 언젠가 이모가 다시 방문하고 싶다고 말한 플렌스부르크는 리하르트의 가족과 같이 갔던 곳이었다. 최고의 휴가로 꼽을 만큼 멋진 여름이었다고 리하르트는 플렌스부르크를 회상하며 미소 지었다. "당신에게도 이번 방문이 즐거운 추억으로 남았으면 좋겠군요." 막상 독일에 가긴 했으나 나는 그곳에서 무엇을 해야 할지 알 수 없었다. 그간 리하르트가 보낸 메일을 통해 이모와 어떤 일들이 있었는지 전해 들었기에 실상 이모와 상관없는 독일행이었다.

이모와 리하르트는 이웃이었다. 정확히 말하면 이모가 홈스테이했던 집의 이웃이었다. 미망인인 켈러 부인이 동양인을 집에 들인 일로 동네 사람들은 그녀가 외로움에 미쳐버렸다고 생각했는데 리하르트도 그중 하나였다.

하루는 개를 산책시키다 만난 켈러 부인이 리하르트 부부를 저녁 식사에 초대했고, 그 저녁 식사에서 리하르트 부부는 이모를 소개받았다. 당시 이모의 독일어 회화 수준은 높지 않아서 그들은 영어와 독일어를 섞어 사용했다. 어째서 독일인가. 부부는 독일에 유학 온 외국인에게 할 법한 질문을 던졌다. 나름 고심한 질문들이었지만 이모는 지루해 보였다고 했다. 그런 이모가 리하르트 부부에게 물은 것은 주말 마켓에서 흥정에 성공하는 비결과 인종차별주의자인 치즈 가게 주인을 대하는 법과 자전거 수리점의 위치 같은 것이었다. "그녀에게는 벽이 없었죠. 독일의 모든 것을 흥미롭게 받아들였습니다. 인종차별까지." 이모를 흐뭇하게 지켜보는 켈러 부인을 보면서 리하르트는 까다로운 구석이 있는 켈러 부인에게 새 가족이 생겼다는 것을 깨달았다. 특이한 조합이긴 했으나 두 사람은 만족스러운 동거인이었다. 실제로 켈러 부인이 죽기 전까지 두 사람은 함께 살았고, 이모를 좋아하지 않았던 켈러 부인의 자식들도 이모가 멀리 사는 그들 대신 켈러 부인을 돌봐준 것은 부정하지 않았다.

이모가 한국에서 겪은 사고에 대해 리하르트가 알게 된 것은 저녁 식사 날이 있고 나서 몇 개월이 지나서였다. 이전에 남편과 아이에 관해 듣긴 했지만, 그들이 죽었다는 것까진 알지 못했다. 리하르트 부부에게는 마리아보다 앞서 태어난 아이가 있었다. 기형 심장을 가지고 태어난 그 아이는 세 살이 되기 전에 죽었다. 이모는 리하르트의 부인인 헬렌에게 그 이야기를 듣고 이렇게 말했다. "저도 있었죠." 헬렌은 과거형에서 많은 것을 추측할 수 있었다. 그러나 이어진 말들은 헬렌의 예상과 달랐다. "한국에 있는 사람들은 내가 이제 행복할 수 없을 거라고 확신해요. 그 사고로 내가 잃어버린 게 뭔지 생각하다 보면 산책을 나온 한 가족이 되었다가 텔레비전에 나오는 사이가 안 좋은 모녀지간이 되었다가…… 내가 살 수 있었을지도 모르는 삶의 장면들이 떠올라요. 하지만 내가 뭘 잃어버린 건지 모르겠어요. 빼앗아가는 것은 사람들이 아닐까요. 언제나 그 사고와 연결해서 나를 보죠. 내 미래에 '결코' '절대로'를 붙이며 내가 평생 치의 행복을 잃어버린 것처럼 굴어요. 정작 난 아무것도 잃은 게 없는데." 그런 이모가 한국에 돌아가기로 한 결정은 갑작스럽고 이해하기 어려웠으나, 다른 사람들이 이해할 수 없는 이유로 이모가 한국을 떠난 것처럼 그들 부부가 알지 못하는 다른 이유가 있을 거라고 생각했다. 그렇게 언제든 돌아와도 된다는 말로 리하르트 가족은 이모를 떠나보냈다. 한국에 도착한 이모가 리하르트에게 보낸 편지에는 나도 등장했다.

당신에게서 많은 도움을 받았지만 가장 기억에 남는 것은 성탄절에 벽난로 앞에서 함께 선물을 풀고, 헬렌 어머니의 비법 레시피로 만든 사과케이크 한 조각을 얻은 것이었습니다. 어제는 조카와 그 레시피로 케이크를 만들어 먹었는데, 나는 헬렌의 어머니를 본 적이 없지만 그 마법 같은 레시피를 만든 분이라면 분명 따뜻한 사람이었을 거라고 생각했습니다.

카페에서 나온 리하르트와 나는 리하르트의 낡은 SUV를 타고 쾰른 근교에 있는 그의 집으로 갔다. 원래 쾰른 시내에 살았던 리하르트는 그의 아버지가 돌아가시자 아버지의 집으로 이사했다. "우신이 좋아했던 정원도 볼 수 있을 겁니다." 차가 향한 곳은 말발굽 모양으로 생겨서 후펜Hufen이라고 부르는 마을이었다.

"우신이 여기 방문했을 때는 지붕을 손보고 있었죠. 그때만 해도 집이 이렇게 많이 바뀔지 몰랐습니다."

나는 차에서 내리자마자 리하르트가 정원에 쏟는 애정과 자부심을 이해할 수 있었다. 내가 상상했던 것은 작은 마당에 담장 옆으로 나무를 한두 그루 심은 한국식 정원이었다. 외곽에 있는 그의 집은 컸고 집을 둘러싼 정원은 숲에 가까웠다. 습한 공기에 밴 이끼 내음이 신선했다. 유리온실과 헛간은 하얀 주택에서 동쪽으로 조금 떨어진 곳에 있었다. 리하르트는 유리온실 안으로 나를 이끌었다. 안개가 자욱하게 낀 것 같은 부연 유리 너머로 숲이 보였다. 구조는 달랐지만, 주위의 풍경이 투명한 구조물을 장식하고 있는 유리온실은 리하르드의 말대로 페르굴라와 비슷한 데가 있었다. "이들은 섬세합니다. 다른 식물보다 많은 보살핌이 필요하죠." 온실에서는 가족들이 먹는 채소가 자라고 있었다. 리하르트는 아이에게 하듯 줄 맞춰 심은 채소들을 일일이 가리키며 이름을 알려주었다. "래디시, 파슬리, 샬롯, 로즈메리…… 루콜라는 헬렌이 전부 뜯어 갔군요." 리하르트가 헤집어진 흙을 보며 웃었다.

그날, 헬렌은 직접 재배한 채소로 채소구이와 감자퓌레, 돼지고기스테이크를 만들었다. 점심을 만들던 중에 나온 헬렌은 당황스러울 만큼 나를 세게 끌어안았다. 젊었을 적의 이모와 닮았다는 말에 내가 정말 그러냐고 진지하게 반문하자 독일인들 눈에 동양인들은 전부 비슷해 보이는 법이라며 짓궂은 표정을 지었다.

널찍한 원목 식탁에서 점심을 먹고 우리 셋은 자리를 옮겼다. 처마 아래 야외 테이블에서는 정원이 한눈에 들어왔다. 리하르트가 정원 일을 하다가 쉬는 장소라고 했다. 헬렌은 커피와 베를리너라는 투박하게 생긴 도넛을 티 푸드로 놓았다. "Sehr Gut(훌륭해)"를 반복하며 권하는 리하르트 때문에 내심 기대했으나 라즈베리잼이 든 평범한 도넛이라 실망했다. 내가 기대한 것이 무엇인지 생각했으나 맛본 적이 없었으므로 떠오르지 않았다. 생각해보면 실망이란 게 대부분 그처럼 막연하고 모호한 바람에서 비롯되는 듯했다.

"저 나무는" 하면서 리하르트가 오른쪽 대각선에 위치한 나무를 가리켰다. 정원에서 가장 큰 나무는 주변의 다른 나무들을 품고 있는 것처럼 보일 만큼 웅장했고 이끼로 뒤덮인 암석을 파고든 나무뿌리는 지반과 하나가 되어 있었다. 리하르트의 아버지가 다른 곳에 있던 나무를 옮겨 심은 것이라고 했다. "저 나무는 살아남기 위해 바위를 움켜잡아야 했습니다. 굉장히 오랜 시간이 걸렸지만 결국 성공했죠. 운이 좋았습니다." 리하르트의 설명을 듣고 다시 본 나무는 처음 봤을 때와 달랐다. 주변의 어린나무를 잡아먹은 듯 보이던 두꺼운 가지들이 그것들을 보호하는 것처럼 보였다. "조금 있으면 열매가 맺힐 겁니다." 그가 그중 하나를 가리키며 말했다. 손이 가리키는 방향을 따라 나는 블루베리나무를 찾았으나 아무래도 검푸른 과육이 달리기 전까지는 정원에 있는 다른 나무와 구분하지 못할 것 같았다.

"제이 애플턴의 이론에 따르면 사람들은 자신은 남들을 볼 수 있지만, 남들은 자신을 보지 못하는 위치를 편안하게 여기죠. 현이 카페 구석에서 나를 기다렸던 것처럼." 나는 그 말을 들으며 숲 부근을 바라보았다. 오래전부터 나를 지켜보던 시선은 그곳까지 나를 따라와 숲 근처에 숨어 나를 주시하고 있었다. 주변에서 일어나는 모든 변화의 조짐을 경계하는 것 같은 그 시선은 20년간 숨어 자신의 아내를 지켜본 웨이크필드 같기도 했고, 겁이 많고 조심스러운 초식동물 같기도 했다. 나는 이제껏 두려워했던 그 시선에 처음으로 친밀감을 느꼈다.

잠시 화장실에 다녀온 사이 리하르트 부부는 사라져 있었다. 나는 홀로 앉아 내가 있는 자리에서 부부와 차를 마셨을 이모를 상상했다. 이모의 집에 살면서 이모와 알고 지낸 사람들을 만나는 것은 이모의 삶을 다시 사는 기분이었다. 집에 오는 길에 리하르트는 2006년에 이모가 이곳을 방문했다고 말했다. 내가 리하르트의 집에서 느낀 기시감은 나의 과거가 아니라 이모의 과거에서 온 것 같았다. '현재나 미래는 없고, 지금 자꾸 반복해 일어나는 과거만이 있을 뿐이다.' 가만히 떠오르는 유진 오닐의 문장에 나는 주(註)를 달았다. 그리고 과거에 관해선 짐작만이 가능하다고.

인기척도 없이 나타난 헬렌이 빈 찻잔에 따뜻한 물을 채워줬다. 리하르트는 잠시 서재에 갔다고 했다. 뒤늦게 집 안에서 나온 리하르트가 손에 들고 있던 노트를 내게 건넸다.

"내 글씨지만 오래전에 쓴 거라 알아보기 힘들더군요. 메일이 늦었던 건 제가 게으름을 피워서가 아니었다는 걸 보여주고 싶었습니다."

그것은 리하르트의 일기장이었다. 열다섯 살 때부터 작성했다는 일기는 총 열여섯 권이었고, 그중 이모가 등장한 건 네

권이었다. 나는 일기의 나머지 내용이 궁금했지만, 엉망인 필기를 알아보기 어려웠다. 그때 헬렌이 끼어들며 말했다.

"그게 리하르트가 당당하게 일기장을 보여줄 수 있는 이유죠."

마주 보며 웃는 리하르트와 헬렌은 다정한 부부처럼 보이는 동시에 한편으로 서로 믿지 못하는 공모자 같았다.

그날 리하르트는 나를 시내까지 데려다주었다. 오전에 사는 걸 잊어버린 모종을 구입하러 가는 길이라고 말했으나 나의 미안함을 덜어주기 위한 핑계라는 것을 알았다. 침묵 속에서 신호가 바뀔 기다리던 중에 리하르트가 갑자기 말문을 열었다.

"첫째의 죽음으로 헬렌과 나는 위기를 겪었습니다. 다행히 우리에게는 마리아가 있었죠. 우리는 운 좋게 마리아의 동생도 가졌습니다. 아이들이 독립한 뒤에 헬렌과 나는 한동안 별거를 했습니다. 우리를 지탱하던 것들이 사라졌기 때문입니다. 아직도 우리는 우리로 살아가야 할 이유를 찾으려 노력하고 있습니다."

리하르트의 말은 막 벗어난 그의 집을, 아름답게 가꿔진 그 공간을 텅 빈 곳으로 바꾸었다. 내내 서행을 유지하는 차 안에서 나는 묵묵히 창밖을 바라보았다. 기억은 밀폐된 공간이 아니라 회랑과 같이 언제든 중간에 뛰어들고 빠져나올 수 있는 개방형 구조였다. 회상은 일종의 관성으로, 이모에 관한 기억은 다른 기억으로 이어졌고 그러다 문득 정신을 차리면 전혀 예상치 못한 곳에 다다랐다. 처음에는 회상을 통해 진실이나 과거에 가까워진 듯했으나, 막상 회상은 주변을 맴도는 것에 가까웠다. 어느 여름 저녁, 가정집 창문으로 들어간 벌처럼 나는 기억 속에서 우왕좌왕했다. 리하르트의 집에서도 이모를 이해할 수 있을 순간들이 있었지만 지난 8년과 마찬가지로 깨달음은 이내 시간의 변덕이자 조롱으로 남았다. 나는 창밖에 스치는 이국의 풍경과 같이 깨우침의 순간을 흘려보냈다. 리하르트는 카페 앞에 나를 내려주며 덤불에서 찾아냈다는 보라색 엉겅퀴꽃을 건넸다.

"당신도 발견해야 합니다."

마지막으로 우리는 악수를 했다. 리하르트가 말한 당위는 굳은살이 밴 그의 손처럼 서늘하고 단단했다.

그리고 이모의 장례일이었다.

이모의 장례는 2년간 다닌 사보 회사를 퇴사한 지 얼마 안 됐을 무렵 치러졌다. 눈을 뜨니 지난밤 내가 잠들었던 방과 다른 장소였다. 이윽고 내가 독립한 사실이 떠올랐다. 이모의 집에서 나온 이후의 세월이 흐릿하게 스쳤다. 집주인이 전세금을

올리는 바람에 어머니는 이모의 집을 정리해야 했다. 나는 이모의 집에 사는 내내 손님인 기분이었으나 막상 본가로 들어가려니 그곳도 내 집이라는 생각이 들지 않았다. 회사 근처에 구한 원룸은 곳곳에 놓인 이모의 물건들로 인해 산본 빌라의 축소판 같았다. 앨범과 화집, 잎사귀 모양의 양초 받침과 보스 스피커. 무엇보다 가져오고 싶었던 것은 오크 테이블이었으나 원룸에 놓기엔 지나치게 컸다. 그 테이블은 이모의 물건들을 보관하던 컨테이너에 있다가 본가로 옮겨졌고 결국은 처분되었다. 우리가 이모의 흔적을 안고 살아가기 위해선 치러야 할 것들이 있었다. 매달 컨테이너 대여비로 낸 20만 원과 이모의 물건들로 비좁은 공간, 외삼촌과의 의절은 어머니가 지불한 것들이었다. 나의 원고는 중간에 끼어드는 것들—기억, 다른 책의 문장, 이미지, 해석, 판단, 감정, 추측으로 인해 방향을 잃었다. 조금씩 마감에 늦다가 결국 기사를 쓸 수 없게 된 나는 사직서를 제출했고, 부장은 진작 받았어야 할 부채의 기한을 여태 미뤄줬다는 듯이 퇴사 사유를 묻지 않았다.

우드 블라인드를 거둬도 채광은 밝아지지 않았다. 바깥에는 진눈깨비가 흩날리고 있었다. 날카로움을 잃은 햇빛은 한결 온화하고 공평해 보였다. 흐린 하늘 아래 세상의 경계는 모호했다. 가족들이 이모의 실종 신고를 한 것은 2008년 7월, 어디든 기억을 꺼내놓아야 했던 가족들은 서로 이모에 관한 기억을 나눴다. 그것은 공동으로 한 작품을 만드는 듯한 기묘한 경험이었다. 각자 기억하는 이모는 다른 모습이었고, 취합된 기억은 우리가 아는 한 사람에게 입체성을 부여했다. 그렇게 이모는 유령과 같은 방식으로 가족들의 곁에 존재했다. 오랜 회상 끝에 남은 건 시간의 선명한 파노라마가 아니라 최초의 사진에 가깝다. 최초의 사진은 조망의 예술이었다. 니에프스는 장장 여덟 시간에 걸쳐 옥탑에서 창밖의 풍경을 찍었고, 오랜 조망의 결과물인 「그라의 창문에서 본 조망Point de vue du Gras」은 빛에 타들어간 흔적과 같았다. 어느덧 이모가 돌아오리라는 기대를 접는 것과 동시에 이모에 관한 이야기는 가족들 사이에 금기로 남았다. 장례는 2017년 4월 16일. 기상청은 오후 즈음 날이 갤 거라고 했으나 진눈깨비는 그칠 듯 그치지 않았다.

점심 무렵 진눈깨비는 가랑비로 바뀌었다. 산길은 진흙탕이었다. 묘가 있는 중턱까지 가는 내내 동갑내기 사촌인 희현은 구두가 더러워졌다며 투덜거렸다. 외삼촌을 따라 선산을 오르는 여덟 명 가운데 입을 여는 사람은 희현뿐이었다. 원래 말이 많은 편이긴 했으나 그날따라 희현은 잠시도 말을 멈추지 않았다. "엄마, 잡아줘. 발이 빠졌어." 평소 같았으면 나무랐을 외숙모도 그런 희현을 내버려뒀다. 그게 희현이 느끼는 불안의 전부가 아니라는 것을 알고 있는 듯했다.

"충분히 기다리지 않았니." 장례를 결정한 사람은 외삼촌이었다. 어머니가 오지 않으리란 걸 예상했는지 외삼촌은 어머니에 관해 묻지 않았다. 충분히 기다렸다는 말은 비문 같았다. 그동안 우리가 기다렸나 생각해보면 기다렸고 또 기다리지 않았다. 매일 출근을 했고, 휴가를 갔고, 서로의 생일을 축하했고, 여러 기념일을 맞았고, 다투고, 화해하느라 이모를 잊을 때가 많았다. 그렇다고 그 시간을 기다림에서 제외하는 것도 맞지 않았다. 얼마나 기다리면 충분히 기다렸다고 말할 수 있을까. 나의 문법 체계에서 '기다림'에 '충분한'과 같은 수식은 적합하지 않았다.

"이제 다 왔다."

외삼촌의 말은 그간 가족들이 기다렸던 세월의 목적지가 여기라는 듯한 선언으로 들렸다. 선산에는 증조 외할머니, 외할아버지와 외할머니의 시신이 안치되어 있었다. 전쟁 중에 행방불명된 증조 외할아버지의 묘는 가묘였다. 이모의 장례는 자연장으로 치러졌다. 뼛가루 대신 이모의 사진과 시계를 넣은 유골함을 묻은 자리에 측백나무를 심었다. 측백나무 옆 평장석 비석에는 이름과 출생 연도와 물결표가 새겨져 있었다. 외삼촌의 부탁으로 몇 주간 나는 비석에 문구를 덧붙일지 고민했지만, 결국 정하지 못했다. 비석의 빈 공간은 여백이 아니었다. 너무 많은 말을 적어 아무 말도 알아볼 수 없는 것에 가까웠다. 남은 이들의 침묵도 마찬가지였다.

희현이 갑자기 울음을 터뜨리자 외숙모와 외종사촌 오빠의 눈가도 차츰 젖어들었다. 외삼촌과 묘를 관리해주는 먼 친척 아저씨는 눈물을 흘리지 않았으나 그들의 침묵이 남긴 궤적은 눈물 자국과 다르지 않았다. 그런 분위기 속에서 나는 혼자 상황을 이해하지 못하고 있었다. 애초에 죽음이 없는 장례였다. 이모의 시신이 발견되거나 죽음을 확신할 증거가 나온 것도 아닌데 가족들은 새삼 슬퍼하고 있었다. 장례의 분위기는 진지한 동시에 희극적이었다. 나는 울고 있는 가족들을 마치 관객처럼 지켜보았다. 내가 본 그들은 이모 대신 이모의 삶에 종지부를 찍고 있었다. 이미 일어난 죽음을 애도하는 게 아니라 기다림에 종지부를 찍기 위해 생사 불명의 사람을 죽이고 있었고, 그로 인해 그들이 오랜 세월 기다렸던 것은 이모의 생환이 아니라 죽음이 되었다. 극이 끝나야 각 장면이 작품 전체에서 어떤 의미를 가지는지 파악할 수 있는 것처럼 이모의 장례를 치르며 나는 그간 무언가 잘못되어간다고 생각하면서 정확히 무엇인지 알 수 없었던 비극의 전말을 알게 되었다. 그러나 자신들의 행동이 어떤 결과를 낳을지 알지 못하는 극 속 인물처럼 장례를 치르는 이들의 얼굴에는 피해자의 순수한 슬픔이 어려 있었다.

도로에 세워둔 차에 도착했을 때는 내가 신었던 갈색 단화도 희현의 구두처럼 진흙으로 엉망이 되어 있었다. 이제 끝났다고 생각했는지 산에서 내려오는 동안 희현은 조용했다. 우리는 선산 인근 식당에서 국밥을 먹고 헤어졌다. 집에 도착해 나는 마른 천에 크림을 묻혀 더러워진 구두를 닦았다. 그러나 갈색 가죽에 생긴 짙은 얼룩은 지워지지 않았다. 며칠 뒤에 찾아간 수선집에서 신발 상태를 확인한 사장님은 안타깝게 말했다.

"까맣게 덮는 수밖에 없겠네."

나는 그대로 구두를 가지고 돌아왔다. 그렇게 이모의 장례식은 나의 기다림이 시작된 날로 기억되었다. 실종된 한 사람과 관련한 모든 판단과 결말을 유보하기 위해서.

*

페르굴라,

그것은 내가 숨을 불어넣는 동안 잠시 존재하다 사라진다. 동시에 그것은 나로 인해 변형됐다. 호흡과 억양, 발음 그리고 강세에 따라 매번 다르게 표현되면서. 1934년 판 *Dictionnaire Gaffiot Latin-Français*의 1,149페이지. 지금까지의 회상은 페르굴라의 예시 중 하나로 남았다.

그들은 어떤 사람들이었을까. 사전을 읽으면 같은 명칭으로 이 세상에 존재하는 것들을 헤아리게 된다. 한시적으로 존재하다 사라진 것들은 상상력을 통해서만 알 수 있었고, 상상의 한계를 보완하는 그림에서 내가 관심을 가진 건 페르굴라가 아닌 페르굴라 아래 있는 인물들이었다. 삽화가가 임의로 그려 넣은 가공의 인물들, 그들의 모습과 행동이 삽화 속 페르굴라에 정체성을 부여했으나 그들에 관한 단서는 한 장의 그림이 전부였다.

페르굴라를 재건하는 가운데 그들은 삽화가에 의해 그려지지 않은 산책로의 나머지를 걷듯 기억과 현실에 나타났다. 의식이 알아채지 못한 구멍과 은밀하게 난 뒷길과 샛길로 그들의 산책로는 확장되며 사전 속 페르굴라에서 나의 페르굴라로 이어졌다. 그들의 존재로 인해 나는 그림에 생동감을 불어넣는 보조 장치가 단어의 의미를 생산하는 주체일 뿐만 아니라 전달자이자 수집가라는 것을 알게 되었다. 나 또한 그 삽화 속 인물들과 다르지 않았고, 추측만이 가능한 그들과 같이 회상 도중 마주친 과거의 나는 이해할 수 없는 존재로 남았다. 지층처럼 쌓인 먼지 때문에 아크릴 지붕 아래서 보는 하늘이 실제보다 흐렸던 것처럼 시간이 지날수록 페르굴라는 희미해졌다. 처음으로 돌아가 내가 재건하고자 했던 게 무엇이었는지 생각했지만, 그것은 애초에 존재하지 않았던 것처럼 떠오르지 않았다. 기억은 미완의 형식이었고, 기억 속 페르굴라는 끝내 복원되지 못할 대상이었다.

남은 것은 시간의 잔재들이다. 그것들이 페르굴라를 구성했고 태양은 그것들을 시시각각 다른 각도에서 비췄다. 주위의 구름은 한순간도 멈추지 않았고 형태를 달리하며 특정한 모양을 갖추자마자 이내 흩어져버렸다. "장식은 채색되었고, 채색되고 있고, 채색될 것이다."* 가우디의 문장에서 시작한 서술은 어렴풋한 인상과 찰나의 단상으로 남았다. 축적된 서술과 같이 페르굴라의 장식은 겹겹이 기억을 입으며 무거워지고 있다. 제 꼬리를 먹으며 자라는 우로보로스와 같이 처음과 끝을 구별할 수 없을 만큼 어지러이 얽혀 있는 기억을 떠받치기에 아크릴 지붕은 믿을 수 없을 만큼 약해 보였다. 시간의 신비주의와 영속성은 단단하게 결속되어 있어서 그 정체를 밝혀내는 순간 페르굴라는 무너져 내릴 것 같았다. 무게— 그 장식에 짓눌릴 듯한 두려움, 그럼에도 불구하고 시선을 뗄 수 없는 아름다움에 나는 덩굴처럼 붙잡혀 있었다. 페르굴라를 구성하는 일부로, 페르굴라에 의지해 살면서 페르굴라를 하나의 건축물로 엮고 있는 식물과 같이 그 장엄한 장식에 감겨들었다.

* 『장식』, p. 27.

프루스트가 쓰지 않은 것

일찍이 우리가 이곳을 그리워한 까닭은 그때 이미 우리가 이곳을 떠나게 될 것을 알았기 때문이다.

*

오랜 기간 너는 슬럼프에 빠져 있었다. 어쩌면 여기가 내가 갈 수 있는 가장 먼 곳이 아닐까. 스스로 한계 지으며 제자리에 멈춰 있었다. 너의 친구들은 슬럼프에서 벗어날 자구책으로 여행을 권했다. 낯선 곳에 가면 영감을 얻을 수 있을 거라고. 영감이 있는 곳이면 어디든 상관없었다. 친구의 권유로 들어간 에어비앤비에서 너는 한 달간 머물 숙소를 찾았다. 예술가의, 예술과 함께, 예술적인…… 여러 호스트가 숙소를 소개하며 예술을 언급했지만 도무지 그러한 면모를 발견할 수 없는 사진

으로 인해 예술은 딩 빈 수식어로 남았다. 린딘에서 바르셀로
나로, 바르셀로나에서 파리로, 프라이부르크로…… 그렇게 여
러 도시를 전전하다가 발견한 게 드레스덴 신시가지의 아파트
였다.

　네가 그륀더차이트 양식의 아파트에 매료된 건 한 장의 사
진 때문이었다. 사진 속 거실은 낮임에도 볕이 들지 않았다. 너
른 공간에는 낮은 책장과 좌식 소파, 커피 테이블이 전부였는
데 박물관을 연상시키는 낮은 조도로 인해 원목 특유의 묵직함
을 지닌 가구들이 하나하나 집중할 가치가 있는 전시품처럼 보
였다. 공간의 여백을 채우는 발코니 너머 선명한 갈색 지붕과
하늘. 실내와 어우러지지 못한 채 망연히 떠 있는 모습이 마그
리트의 회화 같았다. 흰 벽에 걸린 크고 작은 액자, 창가 커튼
뒤로 보이는 조각상, 선반에 놓인 서적과 음반…… 집 안 곳곳
에는 집주인의 감식안을 반영한 예술품이 놓여 있었다. 해상도
가 낮은 사진은 사진 속 공간을 선명하게 보고 싶은 욕망과 나
머지 공간에 관한 호기심을 불러일으켰고 상상을 부추기는 시
선야말로 너에게는 무엇보다 예술적으로 비쳤다.

　오랜 시간을 경유하여 너는 사진 속 장소에 도착했다. 오
로지 사진 속 방에 가기 위한 여행이었다. 가려는 도시가 어떤
곳인지, 어느 지역을 경유하는지 중요치 않았던 너는 비행기와
열차를 타고 오는 내내 잠들어 있었다.

"여기 있는 건 전부 사용해도 좋아요."

숙소의 호스트인 크리스티아네는 열쇠를 건네며 말했다. 집주인의 관대한 호의에도 불구하고 네가 웃을 수 없었던 까닭은 여행을 떠나기 전에 사진에서 어렴풋이 보았던 비의를 발견할 수 없었기 때문이다. 그곳으로 너를 이끈 예술적 분위기는 어디로 간 걸까. 기념품 판매점에서 본 듯한 그림과 조각으로 꾸민 공간은 에어비앤비에서 본 다른 숙소와 다를 게 없었다. 한 달간 이 도시에서 무엇을 해야 할지 막막한 가운데 너는 바닥에 짐을 내려놓았다. 계약 기간을 채워야 한다는 의무감으로.

*

옛 지인들을 만나고 돌아가는 길에 나는 작년 가을 드레스덴에서 걸려온 나기의 전화를 떠올렸다. 재충전을 위해 떠난 여행에서 나기는 과거를 정리하고 돌아왔다. "아버지 회사에 들어갔더라고. 의류 회사라는데." 그날 만난 이들은 이십대 초반에 어울리던 동인들이었고, 나기는 우리 가운데 마지막까지 그림을 포기하지 않았던 인물이었다.

뒤샹과 만 레이가 설립한 모던 뮤지엄에서 이름을 따온 '무명작가회'는 연훈 선배가 구한 개인 작업실에서 탄생했다.

연훈 선배와 친한 사람들이 월세와 공과금을 분납하며 공동 작업실로 바뀐 그곳에서 우리는 매년 연말에 정기 전시회를 열었다. 구성원 가운데 유일하게 이론과였던 나는 같은 수업을 듣는 지원을 따라 작업실에 드나들다 총무와 기획을 맡게 됐다. 전시 때를 제외하고는 하릴없이 시간을 축내는 게 대부분이었지만 그 시기에는 딱히 의미가 필요하지 않았다. 매일 무언가에 열중해도 노력은 당장 성과로 이어지지 않았고, 우리가 작업에 어떤 의미를 부여하든 우리가 아닌 사람들에겐 무의미했다.

"근데 둘이 친하지 않았어?"

그날 술자리에서 나기의 소식을 전한 건 지원이었다. 오지랖이라는 소리를 들을 만큼 잔정이 많은 지원은 물주인 연훈 선배와 함께 무명작가회의 구심점이었다. "예전에 책도 선물하고 그랬잖아." 나는 당사자도 잊어버린 사실을 기억하는 지원이 신기할 따름이었다.

나기는 우리 중에서도 유별난 인물이었다. 좋은 작품을 만들고 싶은 욕망과 강박은 매한가지였으나 나기에게는 지나친 데가 있었다. 그는 과제를 한답시고 모여 놀기만 하는 우리를 한심하게 여겼다. 음악을 크게 틀어도, 피자와 족발 냄새를 풍겨도, 인도 여행에서의 마약 경험담을 풀어놓아도 나기는 구석에 있는 제자리에서 벗어나지 않았다. 친해지려고 노력하지 않는 태도가 오만하게 비쳐서 내부에서는 심심치 않게 그에 관한 뒷말이 오갔다.

"저기."

여름방학을 앞둔 시험 기간이었다. 작업실에 들렀더니 나기뿐이었다. 어색한 침묵 속에서 지원에게 아직 수업이 안 끝났느냐고 문자를 보내는데 나기가 말을 걸어왔다. 무명작가회에 입회한 지 한 학기가 되어갔지만 그때까지 나기와 단둘이 대화를 나눠본 적은 없었다. 저기라니. 내 이름을 모르는 게 아닌지 의심이 일었으나 그렇다 해도 섭섭하진 않았다. 고개를 들자 나기의 얼굴이 시야에 들어왔다. 평소 무심하다고 여겼던 특유의 표정이었다. 내가 휴대전화를 주머니에 넣은 뒤에야 나기는 용건을 꺼냈다. 다음 주에 입원하게 됐는데 병원에서 나오지 못할 것 같은 기분이 든다고, 만약 방학이 끝날 때까지 자기가 나오지 않으면 찾아와달라는 부탁이었다. 흐릿한 인상에서 제일 도드라진 건 대답을 기다리는 시선이었다. 나는 나기의 무표정한 얼굴에서 어렴풋한 불안과 절박함, 두려움과 경계심을 읽었다. 그것들은 확실한 형태를 갖기 전에 사라졌고, 여러 번 접었다 편 종이 같은 얼굴에는 곧은 시선만 남았다.

정신 질환으로 입원하는 건 당시 내 주변에서 특별한 케이스가 아니었다. 무명작가회에도 낭만주의형 천재를 표방하는 이들이 있어서 우울증이니 조울증이니 떠들고 다니며 스스로 광인의 낙인을 찍었다. "헛짓거리 하지 말고." 나는 그들과 헤어지면서 담배 연기와 함께 잔소리를 내뱉었으나 진심 어린 우려는 아니었다. 예술가처럼 보이려는 과장과 허세는 탈색이나 타투와 다르지 않았다. 수업에서 레퍼런스로 다뤘던 예술가들의 광기와 불행한 삶처럼 지나면 잊힐 사정이었다. 상대방도 모르지 않았다. 그들이 원하는 것도 그런 피상적인 위로였다. "그거완 달라." 슬픔과 고통조차 특별한 것으로 남겨두려 하는 이들에게선 부정의 말이 돌아왔다. 내가 새삼 당황한 까닭은 그런 말을 한 사람이 우리 중 가장 성실하고 엄살을 부리지 않던 나기였기 때문이다. 그날 나는 나기에게 약속했다. 만에 하나 네가 병원에서 나오지 못하게 된다면 찾아가겠다고. 거기서 너를 데리고 나오겠다고. 그러면서도 그런 일은 없을 거라고 생각했고 실제로 나기가 우려한 일은 일어나지 않았다. 다시 그런 부탁을 받은 적도, 그 일을 화제로 꺼낸 적도 없었다. 그렇게 나기와 나는 '저기'인 사이로 졸업했다.

"친해질 뻔했지."

나는 심상하게 말했다. 왜 지원이 아니라 나였을까. 지원이었다면 분명 챙겨주었을 텐데. 아무래도 나기의 부탁은 서로 '저기'라 부르는 사이에 주고받을 만한 게 아니었다. 그러나 굳이 연유를 찾진 않았다. 이유를 알든 모르든 내 반응은 같았을 것이므로.

"금수저였다니."

지원은 배신이라며 열을 올렸다. 따지고 보면 나기가 직접 집안 형편에 관해 말한 적은 없었다. 그저 성적에 사활을 거는 모습을 보고 주변에서 지레짐작한 거였다. 지원은 얼마 전에도 나기의 작업실에 귤 한 상자를 보냈다며 당장이라도 따질 기세 더니 내가 콜택시를 부르는 사이에 실제로 전화를 걸었다. "여보세요." 뒤늦게 빼앗은 휴대전화에서 나지막한 음성이 흘렀다. 사정을 설명하면 됐을 텐데. 그런 생각이 든 건 종료 버튼을 누른 다음이었다. 나는 핑계를 고심하며 전화를 기다렸으나 지원의 휴대전화는 울리지 않았다.

대신 취한 지원을 차에 태우고 택시비를 건넸다. "야, 나도 돈 있어." 저녁을 먹을 때부터 술집에서 나올 때까지 과외에서 잘렸다고 푸념하던 지원이었다. "나도 알아." 그래도 정말 괜찮은 게 아니라는 걸 알았다. 택시가 출발하기 직전에 지원이 외쳤다. "갚을게."

나는 문을 닫고 손을 흔들었다. 뭐라고 답하든 간에 본인이 갚았다고 생각할 때까지 지원의 부채감은 사라지지 않을 터였다. 그건 지원이 나기의 근황을 전할 때마다 내가 느낀 감정이었고, 그로 인해 끝났다고 해도 무방할 관계는 진행형으로 이어졌다.

지난 며칠간 네가 숙소에서 한 일은 발코니에 앉아 프루스트를 읽는 것이었다. 고전적인 건축양식, 화려한 색상의 벽돌 지붕과 벽면, 옆 건물 1층의 베이커리에서 퍼지는 버터 냄새, 오후의 따스한 햇볕, 주문 같은 리듬과 억양을 가진 언어. 도시는 분명 매력적이었지만 너는 아직 그 도시에 도착하지 못한 것처럼 그 매력을 체감할 수 없었다.

과거에도 여러 번 프루스트와 여행길을 함께했으나 읽는 건 이번이 처음이었다. 오래전 민서는 그 책을 빌려주며 말했다. 만약 무인도에 가게 된다면 〈잃어버린 시간을 찾아서〉를 챙기겠다고. 거듭 완독에 실패하게 되므로 남은 날들을 소일할 수 있을 거라고. 그대로 책장에 방치했던 책은 빌리고 빌려준 사실이 흐릿해진 지금 낯선 도시에서 펼쳐졌다.

프루스트의 섬세한 묘사에도 불구하고 너의 시선은 자꾸만 콩브레에서 벗어나기 일쑤였다. 화자의 기나긴 설명으로도 파악하지 못한 무언가가 너를 붙잡았고, 그 힘은 책의 여백으로, 다시 과거로, 너를 불러들였다. 과거 콩브레로 떠났던 민서는 스완네 집에 이르지 못한 이유가 아직 프루스트를 읽을 준비가 되지 않았기 때문이라고 말했다. "너도 읽어보면 알 거야." 책을 읽는 데 무슨 준비가 필요하냐는 반문에 돌아온 답이었다. 이제 너는 그 말의 의미를 알 것도 같았다. 자신의 삶을 벗어나 타인의 삶을 알고 싶은 마음. 프루스트를 읽을 준비란 바로 그런 거겠지. 너와 민서는 스스로에 관해서만 관심과 이해, 그리고 의지를 갖춘 이들이었고. 너는 뒤늦게 책을 건넨 민서의 의도가 궁금해졌다. 민서는 무인도에서 무료하지 않게 살아갈 방법이 독서라고 했지만, 네겐 책이 곧 무인도였다. 책 속 인물들이 어떤 이들인지, 무슨 연유로 그런 행동을 하는지, 그래서 어떻게 되는지…… 그 무인도에서 너는 실재하지 않는 이들을 상상하며 외로이 온기를 품었다.

이제 너는 젊은 시절의 목표에서 멀어졌고 네가 품은 것들은 더 이상 치열하거나 절박하지 않았다. 이곳에 와서 너는 알았다. 네가 가고자 했던 곳이 실재하지 않는 장소라는 걸. 실재하지 않는 것에 매달린 졸업 후 10년은 세상에 존재하지 않는 시간이라는 걸. 그렇다면 지난 세월은 과연 무엇이었을까. 네가 상실한 것은 꿈을 좇던 젊은 시절만이 아니라 아름다움을 발견하는 능력이었다. 이제 남아 있는 건 아름다움에 대한 기억뿐인 가운데 너는 소박한 도시의 풍경에 과거의 잔상을 덧입혔다. 그렇게 관계 맺을 때만 네 앞에 있는 도시가 아름다웠으므로.

무명작가회 사람들은 작업실 붙박이였던 나기의 부재를 의아하게 여겼다. 여름방학이 끝나고 다시 나타난 나기가 아무런 언급도 하지 않자 여행을 갔던 거라는 추측은 기정사실이 되었다. 비밀로 해달라는 부탁은 없었지만 나는 나기의 사성을 누구에게도 말하지 않았다. 홀로 안다는 것에 친밀감을 느낄 법도 한데 그보다 부담이 컸다. 아무것도 요구하지 않는데 상대방에게 뭐라도 해줘야 할 것 같은 부담감은 사랑 고백에 내포된 은근한 강요와 비슷했다. 무엇이라도 줘야만 그 의무감에서 벗어날 수 있을 것 같았다. 그래서 내민 게 프루스트의 책이었다. 회상으로 이뤄진 소설을 읽기에 나는 한창 삶에 매료되어 있었다. 수업 교재가 아니면 사지 않았을 거라고, 죽을 만큼 무료하지 않으면 다시 들출 일은 없을 거라고 혹평했으나 그럼에도 고전이 된 데는 이유가 있지 않겠나 싶었다. 왜인지 모르겠으나 나기라면 내가 지나친 것을 발견할지 모른다고 생각했다.

3학년 2학기 이후로 나는 작업실에 가지 않았다. 무명작가회 사람들과도 교류를 줄였다. 학년이 올라갈수록 더는 무용(無用)에서 즐거움을 느낄 수 없었고, 그들에게서 높이 샀던 열정의 가치도 낮아졌다. 무명작가회도 변화를 겪었다. 하나둘 구성원이 바뀌면서도 여섯 명 정도를 유지하다가 연훈 선배가 졸업한 이듬해에 완전히 없어졌다. 졸업 후 나는 지원을 통해 그들의 근황을 전해 들었다. "여전하지." 누군가 유학을 떠나고, 직장을 옮기고, 대학원을 졸업하는 동안에도 나기는 청량리에 구한 작업실에서 나오지 않았다. 변화하는 세상에서 끈기는 퇴보로 여겨졌다. 내가 나기의 작업실에 초대받은 건 지원과도 연락이 뜸해졌을 무렵이었다.

　작업실은 허름한 골목에 있었다. 약속보다 한 시간 늦게 방문했으나 나기는 막 잠에서 깨어난 상태로 철문을 열었다. 매일 최고 기온을 경신하던 여름날이었음에도 암막 커튼을 친 작업실은 어두웠다. 화구와 인스턴트 포장지가 흩어진 바닥에서 올라온 냉기는 시원하기보다 서늘했다. 나는 나기가 타 준 믹스커피를 마시며 작업실을 둘러보았다. 건물 3층에 위치한 15평 남짓의 공간은 주거 겸용이 아닌 탓에 취사 시설이 없었고 공용 화장실을 써야 했다. 가구라고는 아래층 사무실에서 버린 걸 주워 왔다는 가죽 소파가 전부였다. 나기는 주말마다 예식장에서 아르바이트를 하며 생계유지에 드는 비용만큼만 세상에 제 시간을 내주고 있었다. 걸어서 30분 거리인 본가에도 거의 들르지 않는 듯했다. 나기의 작업실은 과거에 내가 상상한 정신 병동만큼 음습한 이미지였고 그곳에서 나기는 사람들에게서 잊혀가고 있었다.

　작업실에 들어서면서부터 나는 옛 기억을 떠올렸다. 과거의 연장선처럼 느껴지는 그곳에서 예전과 비슷한 부탁을 듣게 될지도 모른다고 생각했다. 그게 아니고서는 나를 부른 이유가 짐작되지 않았다. 언제부턴가 과거의 약속을 떠올리면 우리가 작업실을 나눠 쓰던 시절이 이어지고 있는 듯했다. 오랜 세월

이 지났지만 모든 게 그대로인 것 같았고, 때로는 내가 변하시
않았다는 기분을 느끼기 위해 그 시절을 기억하는지 모른다고
생각했다. 그때의 내가 지키고 싶은 사람이었는지는 의문이지
만. 만약 나기와 한 약속을 지켜야 하는 상황이 일어났다면 어
땠을까. 가정일 뿐인데도 약속을 저버린 기분이었다.

"나는 사회인이잖아."

그날은 내가 밥을 사 주겠다며 억지로 나기를 데리고 나갔
다. 나기는 지하철역과 작업실 사이에 있는 삼계탕집을 오가며
보긴 했지만 들어온 건 처음이라고 했다. 석사를 마치고 지금
은 미술관에서 일하고 있으며 1년만 지나면 학예사 자격증을
딸 수 있다고, 내가 묻지도 않은 근황을 이야기하는 동안 삼계
탕이 나왔다. 나기는 팔팔 끓는 뚝배기에 선뜻 손대지 못하고
밑반찬만 집어 먹었다. 뜨거운 걸 못 먹는다고 했다. 생각해보
니 그랬던 것도 같았다. 그날 우리는 삼계탕을 반이나 남긴 채
일어나야 했는데 내가 식사 도중에 받은 연락 때문이었다. 마
저 먹을 시간은 된다고 말했지만 나기는 신경이 쓰였는지 수저
를 내려놓았다.

"사실 인삼을 싫어해."

"말하지 그랬어."

"네가 사 주는 거잖아."

식당 앞에서 나기와 헤어진 나는 집에 들어간 뒤에야 식당

에서 본 것에 관해 생각할 수 있었다. 그날 초대에 응한 건 과거의 약속에서 벗어나기 위해서였다. 하지만 식당에서 마주한 건 혹시나 하면서 지나친 진실이었다. 나기의 소매 아래 있던 흉터들은 세월이 흘렀음에도 회복 중이었다. 새살이 돋은 부분은 하얗고 일부는 죽은 것처럼 검었으나 여전히 전반에 붉은 기운이 돌았다. 내가 본 건 일부일 뿐, 날카로이 벼린 마음이 나기의 몸을 어디부터 어디까지 긋고 갔는지 짐작할 수 없었다. 삼계탕의 살점을 발라내는 와중에 머릿속에선 기억의 조각들이 떠나녔다. 어느 괴이한 예술가의 작품을 마주한 기분이었다. 나기는 이미 죽었고 내 앞에 있는 건 그 잔해를 접붙인 허상일지도 모른다는 생각이 들었다. 과거에 그랬듯 가볍게 그 상처와 대면할 수 없었다. "미안한데 급한 일이 생겼어." 나는 주머니에서 휴대전화를 꺼내 확인했다. 나기와 함께 돌아가면 그 어두운 작업실에서 영영 나오지 못하리란 두려움으로.

　─고마워.

　그날 밤 나는 나기의 문자를 거듭해서 읽었다. 평소 같았으면 또 보자거나 연락하겠다고 답했겠지만 다음 날로, 그다음 날로 미루다 보니 결국에는 답장하지 못했다.

　크리스티아네는 숙소를 벗어나지 않는 네게 연거푸 관광 명소를 추천했다. 그녀의 친절은 부담스럽기만 했으나 너의 불편함을 눈치채지 못한 그녀는 끈질기게 외출을 권했고 결국 너는 사흘에 한 번 청소하러 들를 때마다 그곳에 가봤느냐고 묻는 그녀를 피해 숙소를 나섰다.

여행을 떠나기 전날, 너는 인터넷에서 드레스덴을 검색했다. 1945년 2월 13일, 세계대전 중 그 도시는 연합군의 폭격을 받았다. 공습 당시 항공사진을 보면 흡사 카펫과 같은 화염과 연기가 도시를 뒤덮고 있었고 두터운 연기구름 아래서 시민들은 다른 건물로 대피하다가 죽음을 맞았다. 1966년과 1989년 재건축 공사 중 무더기로 발견된 사체는 아직도 지하 어딘가에 묻혀 있을 시신들을 암시하며 죽음이 도시를 떠받치고 있는 기분을 들게 만들었다.

"정말이지 드레스덴은 멋진 도시였다. 내 말을 믿어도 좋다. 아니, 내 말을 꼭 믿어야 한다! 여러분이 아무리 부자 아버지를 두었어도, 내 말이 맞는지 알아보려고 기차를 타고 드레스덴으로 갈 수는 없다. 드레스덴이란 도시는 이제 없기 때문이다."*

드레스덴 출신 작가 에리히 캐스트너의 말은 정치적 수사보다 진실했다. 사진과 설계도를 바탕으로 오랜 시간에 걸쳐 과거의 모습으로 돌아간 도시는 뜨내기 여행자의 시선에나 드

---

* 에리히 캐스트너, 『내가 어렸을 때에』, 장영은 옮김, 시공주니어, 2000, p. 73.

레스덴으로 보일 뿐 캐스트너가 나고 자란 드레스덴은 이제 어디에도 없었다. 한 사람의 생애에 해당하는 시간에 걸쳐 과거의 모습으로 돌아간 도시는 과거와 현재, 어느 시간에도 속하지 못한 유실물에 지나지 않았다. 그리고 그 도시의 광장 한가운데 네가 있었다.

드레스덴이 정말 사라졌다면 이곳을 뭐라고 불러야 할까. 숙소가 있는 신시가지를 벗어나 도시 남쪽에 위치한 구시가지까지 간 너는 광장에 있는 카페에서 커피를 마시고 숙소로 돌아왔다. 캐스트너는 드레스덴이 이제 없다고 했지만 도시는 건재했다. 성당에, 노천카페에, 마트에 어디에나 항상 사람들이 있었다. 드레스덴이 없다면 이곳은 어디일까. 관광객들이 사진을 찍는 광장의 교회는, 아이들이 부모의 손을 잡고 걸어가는 골목은, 서너 커플이 서로에게 기댄 채 바라보고 있는 강변은 다 무엇일까. 궁전 앞에서 청년이 치고 있는 기타 선율은 어디를 흐르고 있는 것일까. 캐스트너가 없어졌다고 말한 드레스덴은 파괴 이전을 가리키는 상징에 불과하다고, 너는 도시를 가르는 강변을 걸으며 생각했다. 이곳에서 살아가는 사람들과 일상이 있다면 드레스덴인지 여부는 중요치 않다고. 한 사건을 기준으로 사멸을 논하기에 도시의 생은 광망했고 재건된 건축물들처럼 상징은 다시 얼마든지 만들어낼 수 있었다.

강변을 거닐고 노천카페에서 늦은 점심을 먹은 뒤 표류하

늦 골목을 헤매는 하루가 반복되며 드레스덴에서도 일상이 생겼다. 숙소에 머문 지 2주가 지났을 무렵에는 그러한 일상에 익숙해졌다. 숙소로 돌아오는 길에 산 샌드위치와 과일로 배를 채우고 늦은 밤까지 책을 읽는 날들을 보내며 너는 10년간 읽지 못했던 책을 완독했다. 가져온 책은 그 한 권이 전부였으므로 너는 남은 여행에서 그 책을 다시 펼칠 수밖에 없었다. 재독할 때는 작가의 의도를 이해하려는 강박에서 벗어나 산책하듯 책을 읽었다. 웅덩이를 만난 것처럼 몇 장을 건너뛰다가 아름다운 장면과 문장을 발견하면 잠시 멈춰서 아스라하게 퍼지는 감정을 가만히 느꼈다. 아침에 출근하듯 집을 나가서 저녁에 돌아와 잠들기 전까지 독서를 하는 하루. 남은 삶이 이러하다면 민서의 말처럼 무인도의 삶도 그리 나쁘지 않을 것 같았다. 과거의 너였다면 프루스트의 전집 중 고작 1권을 읽었을 뿐이라는 사실에 부담을 느꼈겠지만 지금은 달랐다. 아직 네 삶에 등장하지 않은 인물과 많은 사건 그리고 해석해야 할 암호가 남아 있다는 사실에 안도했다.

"나야."

전화를 받고도 한동안 누구의 목소리인지 알아차리지 못했다. 마지막으로 나기를 본 지 6년이 지났고, 부채감 비슷한 감정도 사라진 지 오래였다. 나기는 지금 드레스덴에 있다고 했다. 한국으로 돌아가면 빌린 책을 돌려주고 싶다는 말에 나기가 말하는 책이 무엇인지 한참 생각해야 했다.

과거에 내가 프루스트의 책을 주면서 빌려주는 거라고 말한 건 선물이라고 하면 보답이 돌아올 것 같아서였다. 십수 년이 지나 돌려받는 건 예상에 없던 일이었다. "그냥 가져. 어차피 잊고 있었는걸." "따지고 보면 그 책의 주인은 내가 아니야. 네가 가지고 있던 시간이 훨씬 길잖아." "정 갖기 싫으면 버리든지." 옛 추억이 담긴 물건을 떠미는 연인처럼 나는 나기와 한참 실랑이하다가 결국 내가 일하는 미술관 앞에서 만나기로 했다.

약속은 당일 오후 취소됐다. 통역을 하기로 한 사람이 오는 길에 갑작스럽게 사고를 당하는 바람에 내가 벨기에 출신 작가의 통역을 대신하게 됐다. 이미 나기는 지하철을 타고 오는 중이었다. 일방적인 취소였으나 나기의 반응은 담담했다. "안내 데스크에 맡기고 갈게." 만남의 목적은 나를 보는 것보다 책을 주는 데 있는 듯했다. 책을 돌려주는 게 왜 그렇게 중요한 건지 알 수 없었지만 당장 불편한 만남을 피하게 된 것에 안도했다.

나기가 안내 데스크에 두고 간 건 내가 빌려준 『잃어버린 시간을 찾아서 1』과 그것을 새로 번역한 전집이었다. 고전이 되었다 하더라도 완독한 사람이 거의 없는 그 소설이 재차 번

역되있다는 세 놀라웠다. 돌아온 책은 과거에 읽나 만 소설에 다시 도전하라는 권유 같았다. 다시 읽는다고 그 소설의 진가를 알 수 있을진 미지수였다. 미지수에 시간을 투자하기엔 해야 할 일이 많았다. 대부분 결과가 분명한 일이었고, 그것들은 나를 예측 가능한 삶으로 이끌었다. 뻔한 삶이라고 해서 무의미하지 않다고, 내가 뻔한 사람이 된 게 아니라 이전에는 알지 못했던 의미를 발견한 거라고, 나는 과거에 포기한 책을 완독해 증명하고 싶었다. 무명작가회 사람들을 만난 건 내가 지난 한 독서를 이어나가던 즈음이었다.

그날 모인 사람들은 과거에 비슷한 목표를 품었던 동지들이었다. "나중에 취미로 해." 우리는 그런 말을 들으며 미술을 시작했다. 살아보니 그렇더라는 어른들의 충고를 무시할 수 있었던 건 부모의 삶을 보며 그들이 말하는 나중은 없다는 것을 알았기 때문이다. 부모와 다른 삶을 살고 싶었던 우리에게 그들이 강조하는 안정감은 기피해야 할 감정이었다. 나이를 먹는 건 검문소를 통과하는 것과 비슷했다. 앞으로 나아가기 위해선 두고 가야만 하는 것들이 있었다. "언제든 다시 할 수 있잖아." 먼저 포기한 이들이 아직 포기하지 않은 이들에게 말했다. 그 말대로 포기가 끝을 의미하는 건 아니었지만 맘먹는다고 언제든 돌아갈 수 있는 것 또한 아니었다. "그만큼 했는데 안 된 건 아닌 거야." 어느새 우리는 부모에게 들었던 말들을 주고받았고, 그사이 실패와 좌절은 지극히 평범한 일로 남았다.

성공과 실패를 가르는 요인, 우리가 '한끝'이라고 불렀던 그게 무엇인지 정확히 아는 사람은 없었다. "자기 게 없잖아." 대학 시절 무명작가회 구성원들은 연훈 선배를 물주로 삼으면서도 그에게 재능이 없다고 수군댔다. 학사를 마치고 시카고로 떠난 선배는 돌아오자마자 젊은 미술가 전시에 참여하며 신진 작가의 대표 격이 되었고, 과거에 그의 단점으로 지적되던 개성의 부재는 각자 개별성을 추구하지만 정체성이 부재하는 시대의 상징으로 받아들여졌다. 반면 교수진의 찬사를 한 몸에 받았던 지원은 졸업 후 미술 학원과 과외로 생계를 이어나가며 두 차례 전시를 열었으나 주목받지 못했다. 꿈의 좌절이 인생의 끝을 의미하는 것은 아니었다. 일찍이 평론에 맞지 않는다는 것을 깨달은 나는 어떤 식으로든 예술계에 남는 것을 차선의 목표로 삼았다. 대학원을 졸업한 뒤 바로 취업했고 몇 번의 이직을 통해 경력을 인정받았다. 낮은 연봉을 받으며 주말까지 일하는 계약직에 불과했지만, 무명작가회 사람들에게는 부러움을 샀다.

〈잃어버린 시간을 찾아서〉가 출간되기 전까지 프루스트는 난항을 겪었다. 자신의 작품에 확신이 있었던 그는 앙드레 지드가 속한 문예지 『프랑스 신비평』에 수차례 작품을 투고했지만 거절당했다. "그는 자신의 무리 속에 들어가려 했으나 그들은 그를 받아들이지 않았다." 나중에 프루스트는 성서를 차용해 그 시기를 언급했다. 결국 자비로 출간된 1편『스완네 집 쪽으로』를 읽은 지드는 편견 때문에 프루스트의 소설을 제대로 검토하지 않은 걸 후회하며 그에게 사과와 찬사를 전달했고, 프루스트는 이에 답장을 썼다.

"여행을 마치고 다시 집에 돌아와서 그 여행을 떠나게 만들었던 본래의 목적을 생각해보면 지중해의 태양 아래서 포도송이를 먹는 상상을 했지만 실제로 여행지에서는 그것을 실현하지 않았다는 사실을 기억해내게 됩니다. [……] 제 소설이 당신에 의해 읽히게 될 것이라는 사실이 제게는 그 먼 여행을 떠나게 만든 근원입니다. 하지만 저는 기대하지 않았던 순간에 오랜 저의 염원이 다른 형태로 현실화되었음을 당신의 편지를 통해 알게 되었습니다. 저의 기쁨은 그래서 훨씬 더 클 수 있었습니다. 당신의 편지를 읽으며 저는 '잃어버린 시간'을 되찾을 수 있었습니다."*

꿈이 언제 어떤 방법으로 실현될지 예측할 수 있는 이는 아무도 없다고, 이 또한 꿈이 실현되는 과정일지 모른다고, 우회의 방식으로 다가오는 희망은 미술을 단념하지 못하게 했다. 그리고 시간이 흘러 꿈을 지탱하던 희망은 고문이 되었다. 미

* 유예진,『프루스트의 화가들』, 유재길 감수, 현암사, 2010, pp. 338~39.

술계로 진입하고자 했던 우리는 작은 성공과 실패를 오가며 평범해졌다. 드물긴 하지만 종종 예상치 못한 방식으로 목표를 이룬 이들이 나오기도 했다. 나기라면, 우리 중 가장 꼿꼿한 그 애라면…… 술자리에서 나기의 근황을 전해 들으며 나는 무심결 기다리던 소식이 있었다는 것을 깨달았다. 그날 들은 소식은 물론 기대한 내용이 아니었다. 변덕이라는 삶의 이치야말로 프루스트가 15년에 걸쳐 쓴 대작이 출간에 난항을 겪고, 오늘날 수많은 연구서와 해설서가 나오며, 사람들이 재차 그 소설을 탐독하는 이유였다. 또한 내가 그 소설을 전부 읽었음에도 완독했다고 말하지 못하는 이유이기도 했다.

크리스티아네는 친절한 사람이었지만 그와 별개로 그녀는 여행객들을 신뢰하지 않았다. 청소를 위해 들를 때마다 가구의 상태를 확인했고 깨진 컵과 접시가 없는지 책의 권수가 맞는지 꼼꼼히 살폈다. 수시로 확인했음에도 불구하고 떠나는 날에도 그녀는 다시 한번 아파트 구석구석을 살폈다. 마침내 파손되거나 도난당한 게 없다는 것을 확신한 그녀가 환한 미소를 지으며 너의 귀정에 행운을 빌었다.

한 달간 네가 숙소에서 가장 오래 머문 곳은 발코니에 있는 원목 의자였다. 그 의자에 앉아 책을 읽다가 누군가의 부름을 들은 것처럼 너는 문득 고개를 들고 동네 풍경을 바라보곤

했다. 자전거를 타고 지나가는 동네 주민들과 노이슈타트 역, 멀리 보이는 구시가지의 첨탑. 그러다 발코니에서는 보이지 않는 아주 먼 곳까지 가버렸고 머나먼 시간을 경유해 네 앞에 놓인 풍경으로 돌아왔다. 그러고 나면 허탈감과 함께 부쩍 늙어버린 기분이 들었다.

세상에는 자체가 미궁인 질문들이 있었다. 질문하는 순간 미궁 속에 갇히는 질문들. 그 질문들의 답은 묻기 전에 제일 자명했다. 삶에 의구심을 가지면서, 스스로 재능을 의심하면서, 질문에 스스로 답하지 못하면서 너는 네 안에서 길을 잃어버렸다. 나아간다고 생각했는데 제자리였고 멈춰 있는 줄 알았는데 떠밀려 있었다. 너의 아버지는 너에게 이전의 너로 돌아가야 한다고 말했다. 하지만 너는 아버지가 말하는 이전이 언제인지 알 수 없었다. 어느 시기의 네가 바로 너였는지. 지금의 너는 네가 아닌 건지. 그렇다면 지금의 너는 누구인지. 스물다섯의 너는 평생 갈 수 없는 곳을 꿈꾸며 그 주변을 배회하다 끝나버릴 삶은 너의 것이 아니라고 생각했다. 10년이 지나 네가 같은 선택의 기로에 놓일 줄 예상하지 못했다. 아버지의 회사에 출근해 여행 경비를 다 갚고 난 다음에는 어떻게 될까. 다시 작업실로 돌아갈 수 있을까. 더는 아무것도 확신할 수 없었다.

숙소를 떠나기 전, 너는 마지막으로 거실을 둘러보았다. 수많은 여행자를 떠나보낸 가구들은 그들의 흔적을 지니고 있었다. 네가 그 가구들에서 발견한 것은 긴 세월에 살아남은 명작들이 가지고 있을 법한 격조와 기품이었다. 그 미시감은 네가 사진 속 풍경에서 느꼈던 기시감이기도 했다. 그러나 너는 이제껏 사진 속 장소에 있었다는 사실을 깨닫자마자 그곳을 떠나야 했다. 다시 시작될 여정의 끝에 무엇이 있는지 알지 못한 채. 거기가 어디든 그 길은 아주 멀 것이고, 오는 길만큼이나 쉽지 않으리란 예감과 함께 너는 드레스덴 신시가지에 위치한 아파트를 떠났다.

　　무명작가회 시절, 연말의 정기 전시를 앞두고 나기는 그림의 한 부분이 마음에 안 든다며 며칠째 같은 부분을 고쳤다. 전시 전날까지 그림은 미완성이었다. 내가 보기에는 며칠 전과 별반 차이가 없었는데 그 미세한 차이가 그에게는 중요했다.
　　"네가 생각하는 것만큼 큰 문제가 아니야."
　　"하지만 나는 알아. 이건 고쳐야 하고 내가 고칠 수 있다는 걸. 알면서 그냥 지나친다면 나를 용납할 수 없을 거야."
　　회사 앞에서 나기를 기다리는 동안 이해할 수 없었던 그의 집착이 떠올랐다. 그 집착을 이해할 수 있을 것 같은 지금, 나기는 갑작스러운 나의 방문을 의아해했다. 그의 양복 차림은 언젠가 선배의 장례식장에서 본 게 유일했다. 복장보다 낯선 것은 태도였다. 인근 기사 식당으로 이끄는 나기의 스스럼없는 손길에는 이전에 느껴보지 못한 힘이 실려 있었다.

"이름만 회사지, 공장이야."

제육볶음과 된장찌개가 나오길 기다리며 나기는 지갑에서 명함을 꺼냈다. 이제껏 나기에게 명함을 준 적이 없다는 사실을 깨닫고 나는 부랴부랴 명함을 교환했다. "잘 부탁합니다." 처음 만난 사이 같다고, 나기가 우스갯소리를 했다. 실제로 그런 기분이었다.

드레스덴에 관해 물은 건 입가심으로 나온 숭늉을 마실 즈음이었다. 밥을 먹으면서 한 이야기들, 익숙지 않은 회사 생활이나 지원을 비롯한 지인들의 근황은 그 이야기를 꺼내기 위한 과정에 불과했다. 잠시 머뭇거리던 나기는 드레스덴이 아니라 그곳에서 머문 숙소에 관해 말했다. 한 번도 가보지 않은 장소에 그런 기분을 느끼는 게 이상하지만 가기 전부터 그곳을 그리워했다고, 그건 분명 기대가 아니라 그리움이었다고 회고했다. 감정의 맥락을 짚을 수 없었지만 그제야 내가 알던 나기를 만난 듯했다.

"나와 함께했으면 너도 그랬을 거야."

나기는 진심으로 아쉬워했다. 알고 지내는 동안 그가 내보이는 진심은 내게 부담이었다. 나기가 생각하는 우리 관계는 대체로 내 생각과 달랐고, 나는 구태여 그 격차를 줄이려고 하지 않았다. 그건 지금도 마찬가지였으나 더는 그 진심이 부담

스럽지 않았다. 오히려 그가 말을 잇다 마는 모습에 조바심이
났다.

"네가 준 책 읽었어."

"정말 읽을 줄은 몰랐는데." 나기는 여상한 어조로 대꾸하
며 숭늉이 든 그릇을 내려놓았다. 그의 시선이 가게 입구에 늘
어선 대기 줄을 향했다. 그들을 의식한 나기가 물었다.

"자리 옮길까?"

근처 카페로 이동한 뒤 우리는 한 시간쯤 대화를 나눴다.
나는 하다 만 대화가 이어지길 바랐지만 나기는 더 이상 그 일
을 언급하지 않았다. 지난 일을 들추고 싶지 않은 것 같기도 하
고, 이제는 별로 중요치 않게 여기는 것 같기도 했다. 어느 쪽
이든 대화는 내가 기대한 방향으로 흘러가지 않았다.

대학 시절 왜 지원이 아닌 내게 그런 부탁을 했느냐고, 아
무도 방문한 적이 없다는 작업실에 왜 나를 초대한 거냐고, 손
목의 흉터는 어쩌다 생긴 거냐고, 프루스트의 책을 건넨 이유
가 뭐냐고…… 나는 오랜 시간 쌓인 질문들을 꺼내지 못하고
돌아왔다. 생각보다 어색하지 않은 만남이었다. 어쩌면 과거에
내가 바란 모습이었으나 못다 한 대화를 나눌 수 없는 관계이
기도 했다. 예전이었으면 대답을 들을 수 있었으리라는 사실이
무언가 잃은 듯한 기분을 불러왔다. 하지만 인정해야 했다. 만
약 나기가 뒤늦은 질문에 답했더라도 과거에 들었을 대답과는

달랐으리라는 것을. 기억을 반추하면서 내가 그 시절의 막연한 두려움을 이해하지 못하듯, 기억 속에 있는 이들은 우리에게 속해 있지만 우리가 아닌 이들이었다.

*

그날 전시 준비를 하던 우리는 말다툼을 벌였다. 작품 배치가 문제였다. 각자 생각하는 전시 흐름이 달랐고, 지원과 나는 좀처럼 이견을 좁히지 못했다. 날이 선 감정도 풀 겸 간단하게 캔맥주나 마실 요량이었으나 편의점에서 호프로, 포장마차로 술자리가 이어져 작업실로 돌아갈 즈음에는 모두 취해버렸다. 자꾸 풀밭과 전봇대 아래 드러눕는 지원 때문에 돌아가는 길이 더욱 늦어졌다. 그나마 덜 취한 연훈 선배와 내가 지원을 억지로 일으켜 끌고 가는 동안 나기는 우리와 떨어져 걸었다. 그는 호프집에서부터 말이 없었는데 취한 것도 같고 아닌 것도 같았다. 그때까지도 그림을 완성하지 못한 나기는 작품을 내지 않기로 했다. 어차피 아무도 기억하지 않을 거라고, 그러니 일단 내라고 설득했지만 결심이 완강했다.

"지친다, 지쳐." 지원이 학교 진입로의 중앙선에 누웠을 때는 선배와 나도 자포자기해서 그 옆에 뻗어버렸다.

"나 화 안 났어." 지원이 말했다.

"화났네." 연훈 선배가 대꾸하자 지원은 선배한테 말한 게 아니라며 짜증을 냈다. 조금 누그러진 음성이 이어졌다.

"틀린 말은 아니니까."

의도와 결은 다르다고, 네가 생각하는 것들이 모두 작품에서 드러나지는 않는다고, 내가 했던 말이 지원에게 상처가 된 듯했다. 그럴 의도는 아니었지만 결과적으로 지원은 상처받았다. 서로 평가하고 평가받는 게 공부이자 일상인 시기였다. 우리는 작품에 관한 평가를 자신에 대한 평가와 혼동하며 부지기수로 상처받았다. 정직하기에 서로에게 좋은 사람이 아니었고, 그런 우리가 함께하기 위해서 진심은 곤란했다. 다행히 살아가는 데 진심은 의무가 아닌 선택 사항이었고, 우리는 빠르게 그 사실을 깨달았다. 그렇게 진심을 가장하며 혼자가 되어갔다. 막연히 서로의 성공을 기원하면서도 다른 사람이 먼저 성공하는 게 아닌지 주변을 기민하게 살폈다. 노력보다는 말이 앞설 때가 많았다. 가끔은 예술 그 자체보다 예술가의 이미지를 사랑하는 것 같다고 생각하며 서로의 성공을 불신했다. 마치 행복의 총량이 정해져 있는 것처럼 나와 무관한 성공도 순수하게 축하하지 못했다. 그게 우리의 우정이었고, 그걸 알면서 함께했던 우리였다. 단지 바라보는 방향이 같다는 이유로.

도로에 눕는 건 혼자라면 하지 않았을 일이지만 함께여서 할 수 있었다. 누워서 마주한 밤하늘은 서 있을 때보다 가까이 여겨졌다. 별인지 인공위성인지 모를 빛은 없는 것과 마찬가지로 흐릿했으나 집요하게 바라보니 점차 밝아지는 것 같았다. 버티기만 하면 조금씩 넓어지는 빛의 반경으로 들어설 수 있을 것 같은 확신이 들었다. "자네 인생 위에 언제나 하늘 한 조각은 지니고 있도록 애써보게."* 당시 과제로 읽은 프루스트의 소설에서 그나마 기억하는 건 그 유명한 마들렌 장면이 아닌 르그랑댕의 대사였다. 르그랑댕이 말한 하늘 한 조각이 그날 밤 우리의 머리 위에서 위태롭게 빛나고 있었다. 동시에 그것은 소설과 마찬가지로 기나긴 여정의 도입부에서 우리가 품었던 비합리적인 희망을 상징했다. "춥다, 가자." 다시 몸을 일으키며 우리는 옷에 묻은 흙먼지와 함께 불안과 우울을 털어버렸다. 한 시간 가까이 차가 우리를 짓뭉개고 지나가지 않은 우연을 낙관 삼아서.

정말 경계해야 했던 건 전조등을 켜고 달려오는 차나 옆사람이 아니라 우리를 이끌어주는 것 같았던 하늘 한 조각이 아니었을까. 때때로 나는 그날 밤을 떠올리며 생각했다. 그 하늘 한 조각이 다시 나타난 지금, 과거와 마찬가지로 아름다움은 나를 이곳으로 데려왔다. 드레스덴 노이슈타트 역에 위치한 그륀더차이트 양식의 아파트로.

* 앙투안 콩파뇽·줄리아 크리스테바 외, 『프루스트와 함께하는 여름』, 김혜연 옮김, 책세상, 2017, p. 175에서 재인용.

"나와 함께했으면 너도 그랬을 거야."

가정법은 이상하다. 그 말은 드레스덴과 더불어 우리가 함께한 시기를 가리키는 것 같았다. 그 기시감이 한 번도 방문한 적이 없는 도시를 언젠가 나기와 동행한 기분을 들게 했다.

수많은 여행객이 머물다 간 숙소에서 나는 나기의 자취를 찾았다. 같은 장소였지만 많은 게 달랐다. 발코니에는 노란색 플라스틱 의자가 놓여 있었는데 크리스티아네는 취한 호주인들이 기존에 있던 원목 의자를 부러뜨렸다고 했다. 숙소에 머무는 동안 나는 발코니에서 나기가 보았을 풍경을 바라봤다. 하지만 어디로 향하든 내 시선에는 의구심이 따라붙었다.

잃어버린 시간을 따라서. 그건 내가 처음으로 기획한 전시의 제목이었다. 무명작가회에 들어가자마자 전시를 맡게 된 나는 당시 내가 아는 가장 그럴듯한 소설 제목을 따왔다. 일주일간의 전시는 우리만의 파티로 끝났고, 뒤풀이에서 나는 누군가 가져온 와인을 진탕 마시고 생애 처음 필름이 끊겼다. 현장에서 일하는 지금에 비해 어설프기 그지없었던 그 시기는 아이러니하게도 내 삶에서 예술에 가장 근접했던 시기로 여겨졌다. 이제 너무 멀어진 시절은 모나리자의 미소 같은 모호함을 품고서 나를 맞는다. 지금 그 시기를 떠올리면 작품은 희미하고 그것을 만든 사람들만 선명하다. 기억 속 우리가 하나의 작품 같다. 가까워지거나 멀어지는 일 없이 일정 거리를 유지할 것. 학창 시절 나의 지침이었다. 지나치게 대상에 감정을 이입하면 객관성을 잃게 된다는 지도 교수의 경고가 아니더라도 나를 잃어버릴 것 같다는 두려움이 있었다. 그 지침은 감상자의 위치를 지정하는 미술관의 제한선처럼 다른 개성을 지닌 우리가 서로를 침해하지 않기 위해 지켜야 할 거리를 알려주었다. 한 번도 주의를 받아본 적 없는 나는 모범적인 감상자였다. 객관성과 중립성. 이후 내가 고수했던 거리야말로 나의 태만과 이기를 가장하기 위한 변명이 아니었는지. 그것은 시간이 지나 알게 된 나의 한계였다. 그래서 나는 지금 무사한가. 그토록 지키려 했던 나는 누구인가. 자문하다 보니 그것이야말로 내가 나에게서 멀어진 원인 같았다.

그 시절의 내가 오점으로 남은 지금, 그 오점이 이후의 변심이나 포기보다 애석한 것은 더는 그 시절을 아름답게 회상할 수 없기 때문이다. 창작과 마찬가지로 감상에도 노력과 영감이 필요하다고, 나는 그 시절을 회상하며 과거의 나에게 반박한다. 나라는 형식에서 벗어나 나기의 시점으로 그 애가 그런 부탁을 할 수밖에 없었던 사람을 찾고 싶었다. 그 사람을 만나면 오점처럼 남은 나를 지나칠 수 있을 것 같았다. 내가 사라지면 찾아와달라고, 다시 떠올린 나기의 부탁은 구명줄 같았다. 나약한 우리가 저마다 흔들리는 가운데 세상에 휩쓸리지 않기 위해 연결한 줄. 사실 상대가 누구인지는 중요하지 않았던 게 아닐까. 좋은 사람이든 나쁜 사람이든 의지할 수밖에 없다는 절박함으로 내게 손을 내민 게 아니었을까. 나기를 구한 손, 도무지 내 것으로 여겨지지 않는 그 손처럼 우리는 정말 함께한 게 아니었을까.

회상에서 돌아올 때마다 세상은 황혼이다. 하늘이 온종일 품었던 빛깔을 전부 펼쳐 보이는 일몰은 복잡하고 미묘하지만 동시에 솔직하다. 황금빛이 섞인 주황색이 한낮의 열기처럼 남아 있는 가운데 세상은 가장자리부터 검푸른 어둠에 잠겨간다. 하늘이 무너지는 듯한 광경은 착시일 뿐 도시는 건재하다. 나를 잠식할 것 같았던 어둠과 마주 볼 수 있는 건 그 어둠에서 멀어졌기 때문이 아니라 매일 겪으며 익숙해졌기 때문일 것이다. 지금 잃었다고 느끼는 것들과 다가올 시간에 다시 찾을 수 있는 것들, 그러나 또다시 잃게 될 것들. 어둠에서 나는 오래전 읽지 못한 이야기를 읽는다. 지금 이 순간을 그리워하는 까닭은 매 순간 나를 떠나며 나에게서 멀어졌기 때문일 텐데, 과거의 우리를 어떻게 규정하든 저기를 상상하며 떠났다 스스로에게 저기로 남은 우리는 단지 여기가 아닌 곳을 좇는 이들에 불과할지 모른다. 그렇게 다시 이곳을 떠나 모든 게 희미해질 무렵에 돌아올 사람. 나는 미시감을 느끼며 지난 풍경을 응시하고 있을 그 사람을 위해 서표를 남긴다. 지금 이 순간을 향한 그리움으로. 그 가름끈에서 읽다 만 너의 이야기가 시작되었다.

풀에 빠진 사람들

사랑에 빠진 순간에 관한 이야기 중 내가 가장 좋아하는 건 2016년 여름에 있었던 실화다. 그 이야기를 들려준 사람은 당시 사귀던 이의 고교 동창이었다. 그는 대학교 축제에서 같은 학교 노어노문과에 재학 중인 여자애를 좋아하게 됐다. 이후 그의 외사랑은 시작되었고 넘치는 사랑의 오수(汚水)로 혼란해진 마음을 주체하지 못할 때면 환희나 번민이 어린 얼굴로 데이트 중인 우리 앞에 나타나곤 했다.

들어봐.

그날은 축제 둘째 날이었어. 그날 밤에 친구가 속한 동아리 밴드의 공연이 있었는데 기대는 솔직히 안 했어. 예전에 개네 공연을 본 적이 있거든. 그런 거 알지? 노력과 상관없이 상황이 걷잡을 수 없게 나빠질 때가 있잖아. 내가 본 공연이 딱 그랬어. 엉망진창이라는 걸 알면서 어떻게든 완주를 해야 했던 멤버들의 표정은 그야말로 처참했지. 그 후로 다신 걔네 공연에 간 적이 없는데 이번이 졸업 전 마지막 공연이라니 거절하기 어렵더라고. 아니면 분명 집에서 게임이나 했을 거야.

리허설까지 시간이 꽤 남아서 친구와 나는 주점에 자리 잡았어. 조금 멀긴 하지만 무대가 정면으로 보이는 위치였지. 손님이 별로 없어서 주문한 나초랑 맥주가 바로 나왔는데 친구가 통 먹질 않더라고. 공연을 앞두고 속이 안 좋은 줄 알았더니 걔는 내가 돈이 아까워서 억지로 먹는다고 생각했대. 나초가 맛없긴 했어. 할라페뇨와 치즈 소스를 너무 많이 올렸더라. 근데 내가 정말 돈이 아까워서 억지로 먹은 건 아니야. 그럴 때가 있잖아. 느끼지 못하는 건 아닌데 왠지 실감이 나지 않는 상태 말이야. 사는 게 가상현실 같다고 할까. 모든 게 왠지 게임 캐릭터에게 일어난 일처럼 여겨지고…… 영혼이 존재한다면 몸에서 이탈한 것처럼 나 자신이 멀게 느껴지는 시기였어. 그래서 밥이든 영화든 점점 자극적인 걸 찾게 되더라고. 그래야 뭐라도 느껴지니까.

공연이 시작할 때쯤 난 이미 하루를 마친 것처럼 피곤했어. 근데 친구의 순서는 후반부라 아직 한참 기다려야 했어. 자리를 잡을 때만 해도 둘이었는데 그때쯤 내 테이블에는 여섯

명이나 앉아 있었지. 친구가 도서관에서 나오던 지인을 막무가내로 잡아 앉힌 게 시작이었어. 얼마 안 가 빈자리를 찾지 못한 지인의 후배들이 합석했고 그 지인이 화장실에 간 사이 그 후배들의 다른 학교 친구가 오고 그런 식으로 내 주변에는 모르는 이들만 남았어. 중간에 친구는 보컬이 부른다며 사라지고 화장실에 간다던 지인은 돌아오지 않았거든. 처음에는 사람들의 이름을 외우려고 노력했는데 중간에 포기해버렸어. 기억하는 것도 참 피곤한 일이잖아.

주점은 참 시끄러웠어. 웃음소리가 한풀 꺾이면 다른 곳에서 웃음이 터지고…… 웃음이 하루살이처럼 주변을 배회하는 느낌이랄까. 사람들은 뭐 그리 웃고 떠들 게 많은 건지. 나도 거기 있었는데 마치 즐거운 일들이 나만 피해 가는 기분이더라. 내 테이블에 앉은 사람들도 나와 처지가 별반 다르지 않아 보였어. 아까만 해도 두런두런 대화를 나누더니 화제가 떨어졌는지 각자 휴대전화로 뭘 하더라고. 다들 이대로 계속 있자니 지겹고 막상 가려니 아쉬운 눈치였어. 뭔가 재밌는 일이 일어나길 기다렸는데 그 재밌는 일이 뭔지 생각하면 정작 떠오르는 게 없잖아. 어쩌면 우리가 기다리고 있었던 게 바로 그거였을지도 몰라. 그때까지 전혀 생각하지 못했던 일말이야.

풀장에 들어갈 사람?

내 오른쪽에 앉아 있던 여자애가 사람들에게 물었어. 너무 대수롭지 않은 루라 순간 살못 들은 줄 알았다니까. 걔 이름은 도무지 떠오르지 않았지만, 대신 누군가 그 애에게 피어싱에 관해 물었던 건 기억났어.

아프지 않아?

그걸 아프다고 해야 하나? 처음엔 따끔한데 막상 바늘이 연골을 뚫고 들어오면 꼭 무거운 거에 짓눌리는 느낌이야. 다신 안 하겠다고 다짐했는데 하나 더 하고 싶은 걸 보면 아직 정신 못 차렸나 봐.

대화를 엿듣던 난 호기심이 생겨서 그 여자애를 몰래 훔쳐봤는데 좋게 말하면 개성 있는 타입이었어. 머리카락이 허리까지 오는 데 비해 앞머리가 눈썹에도 안 닿을 만큼 짧아서 눈썹과 코에 한 피어싱이 더욱 눈에 띄었지. 난 패션에 대해선 잘 모르지만, 그 스타일이 그 애에게는 어울려 보였어.

안색을 봐서는 취한 것 같지도 않았는데 그 애는 왜 뜬금없이 풀장에 들어가자고 한 걸까. 그 애가 말한 노란색 대형 풀장은 주점 바로 옆에 있었어. 풀장을 설치한 학생회관 앞 휴게장소가 층이 낮아서 진짜 수영장 같더라고. 워낙 튀는 색이라 모두 한 번씩 쳐다봤지만 막상 들어가는 사람은 없었던 게, 일주일 전 비가 내린 뒤로 갑자기 날이 쌀쌀해졌거든. 여름도 지난 마당에 총학생회는 무슨 생각으로 풀장을 설치했는지 이해가 안 돼. 그래도 뭐, 획기적이긴 했어.

인생의 중대한 사건이 일어나는 방식은 비슷한 것 같아. 사건이 일어날 때까지 아무 눈치도 못 채다가 모든 게 뒤바뀐 상황에서 거기 놓여 있는 자신을 뒤늦게 깨닫는 식이지. 나서는 사람이 없으니 당연히 포기했을 줄 알았는데 그게 아니었나 봐. 그 애가 덥석 내 손을 잡더니 그대로 풀장까지 끌고 간 거야. 물에 빠지기까지 그야말로 순식간이었어. 심장이 멎는 충격이랄까. 과장이 아니라 문자 그대로 진짜 심장이 멎는 줄 알았다니까. 추위도 추위지만 난 수영을 못하거든. 언제 죽어도 상관없다는 말을 달고 살았는데 막상 그런 상황에 놓이니까 몸이 먼저 움직이더라. 정신없이 허우적대는데 도와주는 사람은 없고…… 근데 뭔가 이상해서 보니까 고작 허리까지 오는 수위더라고.

선배, 화낼 거예요?

이 모든 사태의 원흉이 말했어. 화낼 거냐니, 화가 나는 게 당연하잖아. 그 애가 풀장 밖에서 멀쩡한 차림새로 서 있는 걸 보니까 갑자기 열이 치솟았어. 그제야 주변이 보이기 시작하는데 사람들이 우릴 둘러싸고 웃고 있는 거야. 다들 그 여자애와 내가 그런 장난을 칠 만한 사이라고 생각한 것 같아. 상식적으로 누가 처음 만난 사람에게 그런 장난을 치겠어. 얼마나 볼썽사나웠을까. 추위서 덜덜 떠는 와중에도 얼굴이 화끈거리더라. 그 애가 어서 나오라는 듯이 내게 손을 내미는데 난 내키지 않았지만 그 손을 잡았어. 거기서 벗어나야 한다는 생각밖에 없었거든. 지금 생각하면 그때 손을 잡지 말았어야 했는데…… 화낼 타이밍을 놓친 거지.

화장실에서 대충 젖은 옷을 짜고 나오니까 그 여자애가 어디서 구했는지 모를 후드 티를 들고 날 기다리고 있었어. 풀장에서 나올 때만 해도 바로 집에 갈 생각이었지만, 옷을 갈아입으면서 어차피 쪽팔린 거 한두 시간 더 젖은 채로 있는 게 대수인가 싶더라고. 결국 그날 난 친구의 공연을 다 보고 갔어. 그러길 잘한 게, 하마터면 걔네의 가장 멋진 순간을 놓칠 뻔했지 뭐야. 방학 내내 합주 연습을 했다더니 성과가 있긴 했나 봐.

그런 날씨에 물에 빠졌는데 감기에 안 걸리는 게 이상하지. 그날 밤부터 난 앓아누웠어. 나흘간 내리 잠만 잤는데 기억나는 꿈은 딱 하나야. 같은 꿈을 반복해서 꾼 것처럼 그 꿈만 선명하더라고. 그날 내가 풀장에서 나오던 상황이었는데 어디선가 나타난 손이 나를 꺼내주려고 했어. 손의 주인은 보이지 않았지만, 난 막연하게 그 여자애라고 생각했지. 그래서 실수인 척 그 손을 끌어당겼어. 그 애를 풀장에 빠뜨리려고 말이야. 그런데 그 손이 꿈쩍도 하지 않는 거야. 안간힘을 다하다 뒤로 넘어져서 물만 잔뜩 먹었어. 그러니까 잠시 물러났던 손이 나를 도와주려고 또 다가왔어. 꿈이라 그랬나. 물에 빠지는 것도 무섭지 않았어. 난 오기로 그 손을 또 잡아당겼고 꿈에서 깰 때까지 실랑이가 반복됐지.

　침대에서 벗어날 즈음에는 그간 아팠던 게 거짓인 것처럼 몸이 가뿐했어. 땀을 잔뜩 흘려서 그랬나 봐. 아무튼 그렇게 개운한 기분은 정말 오랜만이었어. 그 때문일까. 그날만 해도 가만두지 않을 작정이었는데 더는 그 여자애에게 화가 나지 않았어. 뭐, 그 애가 나쁜 의도로 그런 건 아니었을 거야. 결국 날 꺼내줬잖아.

　그 여자애를 사랑하게 되었다는 것을 자각한 그는 주변을 수소문해 그 애를 찾아냈다. 섬유유연제를 들이부어 세탁한 후드 티를 들고 그녀를 찾아간 이후로 그의 일상은 그녀를 중심으로 돌아갔다. 전공 수업을 빠지고 그녀의 수업이 끝나는 시각에 건물 앞을 서성이다 인사를 나누는 식의 날들이었다. 그러다 운 좋게 같이 밥을 먹기도 했는데 매번 그녀의 친구가 동석했다. 진척이 없는 관계에 지칠 때마다 그는 우리를 찾았다. 하지만 주변인들의 도움을 받으라는 우리의 조언을 듣지는 않았는데 그날 일을 운명이라고 생각했기 때문이었다. 그가 생각하기에 운명에 제삼자의 도움은 필요하지 않았으므로. "아무래도 날 풀장에 빠뜨린 건 그 애가 아닌 거 같아. 그렇게 작은 체구에서 그런 괴력이 나오는 건 불가능한 일이야." 그의 시간은 그날 축제에 머물러 있는 듯했다. 몇 번이고 그날로 돌아가

사사로운 것에 의미를 부여하는 남자야말로 우리가 보기엔 운명을 만들어내는 주체였다.

"너네는 단번에 인연인 줄 알았어?"

그러다 우리에게 날아든 질문에 남자친구와 나는 동시에 웃음을 터뜨렸다. 운명이나 필연 같은, 인생의 거대한 사건을 암시하는 단어를 붙이기에 우리의 연애는 지극히 일상적이었다. 같이 밥과 술을 먹고 어울리는 시간이 늘어나면서 어느덧 사귀게 되었고, 어쩌다 보니 5년이 지났다. '어쩌다 보니'야말로 우리의 관계에 어울리는 말이었다. 5년간 우리는 짧은 잠수 기간을 제외하고 네 번 이별했다. 물론 헤어질 땐 진심이었지만 둘 중 하나가 연락을 하면 서로 못 이기는 척 받아주길 반복하다 보니 급기야 이별 선언을 혼자 있을 시간이 필요하다는 의미로 받아들이는 지경에 이르렀다. 우리 커플의 이러한 내력을 아는 친구들은 남자친구한테 새 여자가 생겨서 정말 헤어지게 되면 어쩔 거냐고 충고했는데 나는 그렇게 돼도 어쩔 수 없다고 생각했다. 하지만 왠지 그런 일은 일어나지 않을 것 같았고 실제로 일어나지 않았다. 이러다 이 사람과 결혼까지 하는 건 아닐까. 오히려 내가 걱정하는 건 자연스레 언급되는 우리의 미래였다. 남자친구는 어떤지 모르겠지만 내게는 그게 이별보다 큰일이었다.

오래된 연인인 우리는 그의 외사랑에 좋은 조언자는 아니었다. 연애에 대한 설렘과 열정이 잔불처럼 흐릿한 우리에게 그의 감정은 언제나 과잉으로 보였다. 잘 알지도 못하는 여자애를 어떻게 사랑할 수 있느냐며 남자친구는 근본적으로 그의 감정을 사랑으로 인정하지 않았다. 제 친구가 리머런스limerence 상태이며 그가 사랑이라고 말하는 감정은 사실 호르몬 작용에 불과하다고 여겼다. "로미오와 줄리엣도 마찬가지야. 일시적 감정에 휩쓸려 인생 종 친 거지." 나중에 분명 흑역사로 남을 거라고 남자친구는 장담했다. 대체 그런 용어는 어디서 알았느냐고 묻자 남자친구는 멋쩍어하며 졸업 학점을 채우기 위해 신청한 교양과목에서 배웠다고 했다. '새내기를 위한 성과 사랑.' 수업명을 듣고 나는 웃지 않기 위해 애썼다. 먼저 졸업한 내가 일찍 취업하는 게 당연한데도 남자친구가 아직 학생 신분이라는 데 자격지심을 느꼈던 탓이다.

그가 학교 축제에서 그 여자애에게 빠지게 된 사연을 들었던 밤도 여느 날과 다르지 않았다. 나를 집으로 데려다주던 남자친구는 대체 어느 지점에서 그가 사랑에 빠진 건지 이해할 수 없다고 했다.

"뭔가 있었던 것처럼 말하지만 그냥 그 여자애가 예뻤던 거야. 못생겼으면 용서했겠어?"

남자친구가 특히 이해할 수 없는 부분은 위험이 구원이 된 과정이었다. 나는 남자친구의 자기소개서에서 본 '위기로 인해 성장할 수 있었습니다'라는 구절을 떠올렸는데 그 깨날음이 사랑에 있어선 해당되지 않는 듯했다.

그때까지 나는 남자친구의 말에 대부분 동조했다. 이따금 남자친구가 그의 외사랑을 두고 하는 말들이 이론과 객관성, 현실적인 사고로 무장한 폭력처럼 느껴졌으나 내게 한 말이 아니니 지나쳤다. 하지만 그날은 그럴 수 없었다. 술자리 안주거리쯤으로 들리던 그의 이야기가 그날 밤에는 조금 다르게 다가왔기 때문이다. 나는 처음으로 그의 이야기에 몰입할 수 있었고 나아가 그 이야기가 실화와 허구를 통틀어 사랑에 관한 가장 절묘한 비유라고 생각했다. 노란색 간이 풀장pool이자 충만감full, 끌어당기는 힘pull, 어리석음fool…… 이야기의 여운에서 빠져나오지 못한 상태에서 들은 남자친구의 말은 그 이야기를 훼손시키는 듯했다.

"언제부터 낭만주의자가 됐어?"

남자친구는 내 이견에 당황한 눈치였다. 남자친구에게는 당황하면 비아냥대는 버릇이 있었는데 그걸 알면서도 낭만주의라는 단어에 기분이 상했다. 지금까지 남자친구가 그의 외사랑에 관해 해온 말들이 한순간 나를 향하는 듯했다.

"네 그런 면이 싫어진 때부터."

남자친구도 빈정이 상했는지 집 앞에 도착할 때까지 입을 다물었고 나도 기분을 풀어주려고 노력하지 않았다. 반사적으로 나온 말이었지만 거짓은 아니었기 때문이다.

그날부로 시작된 남자친구와의 냉전 기간에 나는 그 이야기에 매료된 까닭을 생각했다. 그것은 한 남자가 풀장에 빠진 이야기이자 동시에 사랑에 빠진 이야기였고 이야기의 중심에는 풀장의 이미지가 있었다. 나는 일전에 가본 그의 학교를 떠올렸다. 개축한 건물과 신관 건물은 통일된 양식은 없었지만 단조롭게 설계된 시멘트 건물이 풍기는 건조한 분위기만은 비슷했다. 내가 머릿속에 떠올린 노란색 간이 풀장은 삭막한 분위기 속의 오아시스였고 언제나 여름인 적도 부근의 휴양지였다. "요즘 수영을 배우는데 물에 빠질 것 같아 두려워지면 그 손을 떠올려. 어디선가 불쑥 솟아나 내 몸을 받쳐주는 기분이 들거든." 그리고 그 풀장에 빠진 이후 그의 삶은 이전과 다른 방식으로 전개되었다.

물론 사랑에 빠진 남자는 그들의 관계를 객관적으로 보지 못했다. 우리가 보기에 무모하고 어리석어 보이는 일들을 종종 저질렀는데 남자친구와 내가 가장 어이없게 여겼던 건 그 여자애가 해돋이를 보러 간다는 정보를 듣고 새벽 4시부터 팔각정에서 그 여자애를 기다린 일이었다. 외사랑으로 인해 힘겨운 날들이 많았을지언정 그즈음 그의 세계가 미지의 에너지로 충만했다는 것은 분명했다. 나는 그토록 활동적이고 능동적인 그의 모습을 본 적이 없었는데 이는 남자친구도 동의하는 부분이었다. 무기력했던 그의 삶에 생동감을 불어넣은 건 바로 사랑이었다.

남자친구와 나의 사랑과는 확연히 달랐다. 지난 5년간 남자친구와 내가 영향을 주고받지 않은 건 아니었다. 그러나 우리가 주고받은 영향은 혁신이 아닌 현실과의 적당한 타협이었고 나는 이따금 안정과 안주를 구분할 수 없었다. 물론 남자친구의 말처럼 그 여자에 관해 잘 알지도 못하는 상태에서 빠진 감정을 사랑이라고 하는 데에는 망설여졌다. 그게 사랑이 아니면 미지의 대상에 품은 맹목적인 도착을 뭐라고 설명해야 할까. 리머런스나 호르몬 같은 용어는 내게 충분한 설명이 되지 못했다. 남자친구가 언급한 사랑의 이론에 따르면 완전한 사랑에는 친밀감과 열정, 헌신이 있어야 했는데 그에 의거하면 사람들이 사랑으로 칭하는 관계는 대부분 불완전했다. 남자친구와 나의 관계도 친밀감은 충분했으나 헌신은 부족했고 열정은 진작 사라져버렸으므로.

그 이야기에 매료된 이유를 남자친구에게 설명하려던 것이었는데 결과적으로 나의 의도는 가짜 이별을 반복하던 우리에게 진짜 이별을 선사했다. 내가 그 이야기를 통해 깨달은 건, 세상이 사랑을 무엇이라 정의하든 내게 사랑은 물풀과 같은 끈끈한 감정, 그러니까 누군가와 계속 함께하고 싶은 마음이었고, 남자친구와 나의 마음은 접착력이 다해버렸다는 것이다.

남자친구와 헤어진 이후 나는 두 번의 연애를 더 했다. 상대도 기간도 전부 달랐으나 앞선 연애와 결말은 비슷했다. 이별의 순간에 내가 상대방에게 했던 장황한 말들은 변명에 불과했고 이유는 실상 단순했다. 내가 연애에서 바라는 것을 현재의 연애에서 찾을 수 없었기 때문이다. 그런 이유로 헤어지는 게 어리석다고 생각하면서 매번 어리석은 선택을 했고 지난 결정을 후회하면서 후회할 짓을 되풀이했다. 아이러니하게도 연애를 거듭할수록 나는 사랑이 뭔지 점점 알 수 없게 됐다. 이따금 내가 원하는 게 사랑이 아닌 다른 무엇은 아닌지 의문이 들었으나 그게 무엇인지는 깨닫지 못한 채 새로운 사람을 만났다.

　그러다 연애 이외의 것들이 내 삶의 우선순위가 되었을 무렵 나는 방배동 골목에서 우연히 이야기의 주인공을 마주쳤다. 그는 예약한 떡을 찾으러 가는 길이라고 했다. 내가 친구와의 약속에 늦은 것도 잊고서 그를 붙잡고 물은 건 과거 외사랑의 결말이었다. 전 남자친구와 헤어지면서 그와도 연락이 끊어진 탓이다. 내가 무엇을 묻는지 알아듣지 못하던 그는 몇 개의 키워드를 듣고서 옛사랑을 기억해냈다. "어떻게 되긴. 그러다 끝났지. 근데 넌 아직도 그걸 기억해?" 나는 이야기의 당사자가 과거의 해프닝으로 치부해버린 이야기를 혼자 특별하게 여기고 있었다는 사실을 깨닫자 기분이 묘해졌다. 그러나 그날 내가 정말 놀란 건 다른 이유 때문이었다. 그 여자애가 그들과 함께 밥을 먹던 그녀의 친구와 그를 이어주려고 했다는 과거의 내막도 아니었고, 그날 그가 여자친구의 집에 인사를 가는 길이라는 것도 아니었다. 그가 계속 언급한 이름 탓이었다. 몇 번이나 듣고도 나는 선규라는 사람을 좀처럼 떠올리지 못했는데 그걸 알아챈 그가 어이없다는 듯이 물었다.

"너 말이야, 내 이름은 기억해?"

선규는 전 남자친구의 이름이었다.

그와의 재회로 나는 그간 만났던 연인들을 한 명씩 회상하게 됐다. 내가 품은 추억과 감정 가운데 특별하다고 할 만한 것은 없었다. 그렇다고 헤어진 연인들과의 감정을 사랑이 아니었다고 할 수 없었다. 다만 내가 그들과의 사랑을 사랑으로 느끼지 못했을 따름이다. 내게 있어 사랑의 기준은 과거에 들은 그 이야기였기 때문이다. 어쩌면 그 이야기를 듣고 매료된 날부터 나는 이야기와의 사랑을 이어온 게 아닐까. 연애와 이별을 반복하며 오가는 내내 나와 함께하고 내가 무엇보다 집중했으며 가까워지길 희구한 건 실제 연인이 아닌 그 이야기였으므로.

그때 이야기의 주인공과 내게 필요했던 건 현실을 사로잡을 만한 확고한 환상이었는지도 모른다. 세상에는 상상을 통해서만 그 존재를 알 수 있는 것들이 있기 때문이다. 이야기 속 풀장에는 내가 어린 날 믿었던 사랑의 요소들이 숨어 있었고, 미지의 풀장에 빠지며 나의 연애는 달라졌다. 그러나 그 이후에도 나는 이야기 속에서만 사랑의 존재를 실감할 수 있었다. 그 감정을 실제 연인들과의 관계에서 느끼려 했던 시간들은 연애라기보다 이야기를 현실로 실현하려는 투쟁의 과정이었다. 그렇다면 나를 이끌었던 환상의 신비가 벗겨진 지금, 나는 그 이야기에서 빠져나와야 하지 않을까. 그럼에도 불구하고 지난날의 무모한 시도가 아직 진행 중인 듯한 기분은 왜일까.

다행은, 세상에는 풀장과 같은 환상을 가진 사람이 생각보다 많다는 것이다. 누구나 가지고 있다고 할 만큼 많은 이가 비밀리에 소유하고 있다. 다만 타인의 환상을 알 수 없기에 어째서 타인이 그것을 소유하기 위해 어리석어 보일 만큼의 대가를 지불하는지 이해하지 못할 뿐이다. 2016년 초가을, 내가 평범한 술자리에서 들었던 이야기처럼 어느 날 불현듯 타인의 풀장으로 초대받기 전까진 말이다.

여기까지가 내가 풀장에 관해 아는 전부다.

언박싱

오랜 세월 한 사람에 대해 생각했다. 단 한 명에게 너무 많은 시간과 마음을 쏟았다고 후회할 만큼 긴 세월이었다. 모든 게 지난 일이 된 지금은 그럴 수밖에 없었던 일로 여겨진다.

아버지,

그가 나에게 세상과 함께 주어진 사람이기 때문이다.

선물은 실상 받는 사람에게 사용을 떠맡기는 행위가 아닌가. 원하지 않은 선물은 예상 밖의 기쁨을 선사하기도 하지만, 처치 곤란한 짐이 되기도 한다. 아버지와의 관계가 그랬다. 나는 아버지가 원한 성별이 아니었고 아버지도 내가 원하는 아버지상과 거리가 멀었다.

아홉번째 생일에 내가 피아노를 보고 울음을 터뜨린 것도 비슷한 이유였다. 몇 주 전부터 어머니에게 자전거를 사달라고 졸랐던 내게 가격이 애정의 크기라도 되는 양 피아노가 얼마나 비싼지 말하던 아버지는 급기야 역정을 냈다. 그때 막 피아노 학원을 다니기 시작한, 더구나 연주보다는 학원에서 친구들과 노는 게 목적이었던 나로서는 억울할 따름이었다.

결국 일주일 뒤에 자전거가 생기긴 했지만, 거실 창가에 있는 피아노를 보면 언제나 마음이 불편했다. 그래서 피아노 앞에 앉았다. 다른 가족들이 생각했듯 피아노 연주에 재미를 붙인 건 아니었다. 아버지가 사무실로 찾아온 고향 후배에게서 강매당한 물건을 내 생일 선물로 포장했다는 비화를 알게 되면서 선물로 빚어진 감정적 채무는 상계되었지만, 피아노 학원을 그만두고 나서도 피아노는 여전히 거실 창가에 놓여 있었다.

안 칠 거면 피아노를 사촌 동생에게 줄 거라고 으름장을 놓던 어머니는 이사 당일 이삿짐센터 직원에게 주의해서 운반 해달라고 신신당부했다. 당시 S시에서 분양된 아파트 중 가장 큰 평수였던 새집은 유리 미닫이문으로 분리된 거실 때문에 실제 면적보다 좁아 보였다. 문을 열면 거실의 일부였고 닫으면 방이었던 거대한 붙박이 장식장 같은 공간에 어머니가 놓은 건 아버지의 고교 동문회 회장에게서 받은 수석과 난, 피아노, 인켈 전축, 골프 가방 같은 물건이었다. 그중에서도 피아노는 특유의 묵직한 존재감으로 주변 물건들을 압도했고 가족들은 그곳을 피아노 방으로 불렀다. 피아노 소리가 들리지 않는 피아노 방은 집에서 가장 조용한 공간이었으나 아버지의 모임이 있는 날은 예외였다. 그 방에서 아버지는 밤새 친구들과 포커나 화투를 쳤고, 그때마다 나는 베란다를 통해 들어오는 자욱한 담배 연기와 걸걸한 목소리를 피해 창문을 닫았다.

피아노를 처분한 건 중학교 2학년 때로, 그해 여름방학에 새어머니가 들어오면서 대대적인 리모델링을 하지 않았다면 나는 그 고상한 폐물이 계속 자리를 차지하고 있었을 거라고 생각한다. 그렇지만 피아노가 없어지고 나서도 유리 미닫이문 안쪽 공간은 계속 피아노 방으로 불렸다. 대신 자리를 차지한 안마기와 운동 기구 같은 물건이 공간을 장악하지 못했기 때문일 것이다. 부재하는 순간에도 기억으로 그 공간에 남아 있던 피아노는 내가 독립할 때까지 그 방의 주인이었다.

지금 내가 칠 수 있는 연주곡이 한창 피아노를 연습했던 시절의 산물이듯 선물[幣物]이 무용지물[廢物]이 되는 과정에서 많은 걸 배웠다. 이 세상에 사랑이 당연한 관계는 없다는 것, 물건이든 마음이든 갖는 것보다 버리는 데 더 많은 시간과 품이 든다는 것, 사람의 마음도 물질과 마찬가지로 무한하지 않다는 것. 단 한 사람을 통해 알게 된 것들이다. 남은 삶에 그에게 했던 것만큼 노력할 관계는 없을 거라고, 오래전 나는 아버지와의 기억에서 가장 많은 배경이었던 아파트를 떠나며 예감했다. 그렇게 아버지와의 연을 끊었다.

*

　삼십대 중반에 세운 회사의 경영권이 채권자에게 넘어가면서 아버지의 건강은 급격히 악화되었다. 당신의 인생이 끝났다는 생각에 사로잡힌 아버지는 종일 과거를 복기하며 당신에게 아무것도—그가 젊은 시절 가장 중요시했던 친구와 돈뿐만 아니라 당연시했던 가족까지—남지 않게 된 원인을 찾았는데 나는 아버지의 인생이 정말 실패했다면 그 성패가 가름된 시점은 바로 그때일 거라고 생각한다. 이후 인생의 황금기라고 할 만한 시절을 떠올리면서 예전과 같은 순도 높은 미소를 지을 수 없게 됐기 때문이다.

　아버지에게서 문자를 받기 전까지, 내가 그에 대해 아는 근황은 제천의 한 요양원에 있다는 것이었다. 백내장 수술을 받았대. 새어머니와 이혼했다더라. 독립을 하면서 내가 제일 먼저 한 일은 아버지와 관련된 사람들의 연락처를 삭제하는 것이었다. 그러나 우회하여 기습적으로 들이닥치는 소식을 전부 막을 수는 없었다.

　　미안하구나
　　내가 인생을 헛살았다

상대방의 마음을 무르게 만들어 파고드는 건 아버지의 특기였다. 말없이 줄담배를 피우다가 마지못해 당신의 잘못을 인정했고, 그래도 어머니가 화를 풀지 않으면 집을 나가서는 자살을 암시하는 문자를 보냈다.

　　　다 지난 일이잖니

　　　내가 죽어야 찾아올 생각이냐

　　　그래야 네 직성이 풀리겠어?

　　　너까지 그러지 마라

　　　너는 그러면 안 돼

　　　그래 애비가 사라져줄 테니 행복하게 살아라

　　마지막으로 아버지를 본 게 15년 전이었으나 아버지는 여전했다. 죽겠다는 문자를 받는 딸의 마음을 헤아리지 못하는 것이든 사과하면서 정작 무엇을 잘못했는지 알지 못하는 것이든. 그래서 아버지는 당신의 곁을 떠난 사람들을 비난할 수 있었을 것이다. 나는 아버지가 어머니에게 저지른 잘못을 밤새 열거할 수 있지만, 가장 큰 잘못은 아버지에게 기회를 준 사람으로 하여금 자신의 선의를 탓하게 만든 거라고 생각한다. 같은 잘못을 반복하는 아버지와 그런 아버지를 매번 용서했던 어머니. 두 사람의 비극을 가까이 지켜보면서 나는 자신을 돌보지 않는 희망이야말로 마음을 해치는 습관이라고 생각했다.

"그래도 어쩌겠어. 아버지인데."

광고 문자와 함께 아버지의 메시지를 삭제하던 어느 날, 나는 대전 고모에게서 전화를 받았다. 부모 자식 간의 연에 관한 일장 연설을 잠자코 듣고 있던 내가, 상대가 주지 않은 걸 왜 나만 줘야 하냐고 되묻자 고모는 말했다.

"네가 어려서 아직 모르는 거야."

"제가 모르는 게 뭔데요?"

"당연한 것."

단단히 뭉친 듯한 음성이었다.

일용직을 전전한 고모부는 평생 직업이랄 게 없었다. 고모부가 뺑소니 사고를 당하면서 병 수발까지 들게 된 고모는 어머니를 붙들고 하소연했다. 고모, 잠시만요. 어머니가 안방으로 건너가 수화기를 들면 거실 수화기를 내려놓는 게 내 역할이었는데 그러다 의도치 않게 두 사람의 대화를 듣게 될 때가 있었다. 언니, 차라리 죽었으면 좋겠어요. 하루는 어머니와 빨래를 개던 중에 내가 고모가 죽길 바라는 게 누구인지 묻자 어머니는 개키던 속옷 더미를 당신 쪽으로 가져가며 말했다. 세상에 죽고 싶은 사람은 없다고. 죽고 싶다는 말은 살고 싶다는 말이라고. 고작 열 살 남짓했던 내가 어른들의 불투명한 표현을 이해하기란 무리였다. 어쨌거나 두 사람은 헤어지지 않을 거야. 고모부가 있어야 고모가 살 수 있거든. 구구단을 알려주면서 그냥 외우라고 했던 것처럼 어머니는 나를 이해시킬 생각이 없어 보였다. 함께하면 죽고 싶은데 죽지 않으려면 함께해야 하는 관계. 나는 과정을 이해하진 못했지만, 결론은 알았다. 이러나저러나 살기 위해 그런다는 것. 어머니의 예상대로 고모는 고모부와 헤어지지 않았다. 누군가 자신을 필요로 하는 게 자부심인 고모에게는 헌신의 대상이 없는 삶이야말로 더 큰 불행이었다.

"대체 뭐가 문제니."

과거에 그 질문을 받았다면 바로 대답이 나왔겠지만, 15년이라는 세월과 함께 쇠한 감정은 막연한 거부감으로만 남아 있었다. "고모한테 말해봐. 응? 말을 해야 알지." 과연 아버지는 얼마나 나쁜 사람이어야 할까. 얼마나 나빠야 사람들이 왈가왈부하지 않을까. "냉정한 계집애. 너도 너 같은 자식 낳아서 그대로 당해봐." 그날 내게서 만족할 만한 대답을 듣지 못한 고모는 저주 비슷한 말을 남기고 전화를 끊었다.

유년 시절 내게 아버지답지 않은 아버지는 의문의 대상이었다. 아버지는 왜 집에 들어오지 않을까. 왜 가족보다 친구가 우선일까. 왜 언니와 나를 사랑하지 않을까.

고모는 아버지가 중학생 때부터 홀로 도시로 나가 자취를

해서 자기밖에 모르는 거라고 변호했고, 외할머니는 원래 그런 종자라고 욕했지만 어느 것도 내게 충분한 설명이 되지 못했다.

그러게, 왜 그랬을까.

어떻게 아버지와 결혼하게 됐냐는 질문에 어머니는 대충 묶은 매듭처럼 스르르 풀어지는 미소를 지으며 의문형으로 답했다. 당시에는 쑥스러워서 대답을 피한다고 여겼지만, 아버지의 관심과 애정을 갈구했던 유년의 욕망이 몽애하게 느껴지는 지금은 과거의 자신에게 묻는 질문이 어머니에게 있어 가장 충실한 대답이었다는 걸 안다.

언제나 세 사람이었다.

수명이 다한 화장실 전구를 간 사람도, 같은 반 학부모에게 고개를 숙이며 사과를 한 사람도, 내게 자전거를 가르쳐준 사람도 어머니였다. 두 사람의 역할을 한 어머니 덕분에 나는 아버지의 부재를 의식할 일이 많지 않았으나 필요와 별개로 2주일에 한두 번 아버지가 집에 들어오는 날에는 있어야 할 모든 게 갖춰진 기분이 들었다. 그래서 만취한 아버지가 언니와 내 선물을 뜯은 어느 크리스마스 새벽에도 아버지에게 화가 나기보다는 선물을 두 개 받았다고 생각했다.

아빠가 밤낮을 안 가리고 일해서 우리가 번듯하게 사는 거야.

언니와 내 앞에서 늘 당당했던 것처럼 아버지의 귀가는 갑작스럽고 요란했다. 열쇠가 있어도 사용하는 법이 없던 아버지는 한밤중에도 초인종을 눌렀고 내가 반수면 상태로 건넨 귀가 인사에 꺼끌한 수염을 부비며 화답했다. 평소 아버지에게선 담배와 남성용 스킨 냄새가 났지만 집에 돌아올 무렵에는 술과 안주 냄새가 더해졌고, 가끔은 토사물 냄새가 났다. 그 냄새로 나는 아버지의 행적을 짐작했다. 내가 잠자리에 드는 시간에 불이 켜지는 세상의 얼굴은 아버지의 친구들이 한 모금 마셔보라고 준 맥주의 맛과 비슷했다. 맛보고 나서 아저씨들이 그렇게 쓴 것을 매일 마시는 이유가 더욱 궁금해진 것처럼 아버지에게서 나는 불쾌한 냄새는 도리어 그 세상에 관한 호기심을 키웠다. 이를 못마땅하게 여긴 어머니는 카바레와 나이트클럽의 차이를 묻는 나를 흘기며, 대견하다는 듯이 내 볼을 꼬집고 있는 아버지를 손님방으로 데리고 들어갔다.

은은한 라벤더 향이 밴 거실에 침입한 술냄새처럼 아버지가 있는 집에는 이질적인 분위기가 감돌았다. 어머니는 그때마다 끼니를 거르겠다는 언니를 달래려 서너 가지 메뉴를 더 만들어야 했는데 언니는 번거로운 수고를 마다하지 않는 어머니에게 짜증을 부리곤 했다. 그 말이 아니잖아. 언니가 말한 '그 말'이 무엇인지 모르지 않았으나 어머니는 아버지와의 불화와 별개로 우리 자매가 아버지를 싫어하는 것을 바라지 않았다. 나라고 부모님 사이의 무거운 기류를 느끼지 못한 건 아니었다. 한밤중의 말다툼은 모두 거실에 나와 잤던 열대야에 느꼈던 감정과 비슷한 기분이 들게 했다. 세 여자를 잠들지 못하게 만들던 아버지의 코골이와 언니가 잠결에 내 쪽으로 밀친 이불, 기습적으로 얼굴과 가슴을 때리던 팔들, 끈적한 살갗에 먼지가 달라붙던 여름밤. 그러나 좀더 싫었던 건 한밤중 세상이 소멸해버린 듯한 비현실적인 정적을 맞닥뜨리는 순간이었다. 나는 아버지 쪽으로 기어가 코끝에 검지를 대고 숨을 쉬는지 확인했다. 그런 밤, 작은 소란은 혼자가 아니라는 증거였다.

승주야, 아이스크림 사러 갈까?

아버지는 종종 나를 데리고 상가 슈퍼 옆에 위치한 호프집으로 들어갔다. 지정석이나 다름없는 호프집 제일 안쪽에 자리 잡고 있으면 내가 약사 아저씨라고 불렀던 아버지의 친구가 나타났고 나는 옆 테이블에서 식은 감자튀김과 콜라를 먹으며 술자리가 끝나기를 기다렸다. 곧 일어날 거라는 말을 적어도 다섯 번은 들어야 집으로 갈 수 있었다. 그러다 하루는 호프집에서 그대로 잠들었는데 눈을 뜨니 아버지가 보이지 않았다. 그날 밤, 어머니는 홀로 귀가한 나에게 왜 혼자냐고 물었다. 나를 데려다주고 아빠는 다시 술을 마시러 갔다고 얼결에 거짓말을 한 건 부모님의 결혼 생활이 어머니의 인내심에 의해 유지된다는 것을 알았기 때문이다. 나는 아버지가 좋은 남편이기를 바랐다. 어머니에게 미안해하지 않으면서 아버지와 함께할 수 있기를 바랐다. 그러다 보면 언젠가는 우리가 진짜 가족이 될 거라고 믿었다. 가족이라는 허구를 믿던 시절이었다.

아버지가 문자를 보내던 시기에 나와 마찬가지로 문자를 받은 언니는 아버지를 만나러 요양원에 갔다. 그날 오후, 언니는 내가 근무하는 학교로 찾아왔다. 20분 거리에 있는 내 오피스텔로 향하는 내내 언니는 입을 꾹 다문 채 정면을 주시했다. 아버지와 살 때에는 자주 지었던 표정이었다. 오랫동안 보지 못했던 표정을 마주하니 연락이 끊겼던 지인과 재회한 기분이 들었다.

언니는 부모님과 관련된 문제에서 항상 나보다 능동적이었다. 아버지와 내연 관계에 있던 여자가 새어머니로 들어오는 것을 반대했던 언니는 새어머니와 살았던 3년간 그야말로 장렬하게 싸웠다. 새어머니가 언니 방에 남아 있던 어머니의 물건을 버리면서 두 사람의 갈등은 최악으로 치달았다.

"네 엄마랑 살 때가 좋았는데."

두 사람의 문제로 골치를 썩을 때마다 아버지는 푸념을 늘어놓으며 내 방을 찾았는데 누구 편을 들어야 할지 고민하는 것처럼 보였으나 결국에는 새어머니의 편을 들었다. 나도 좀 살자. 부도 이후 아버지의 회사는 매달 말일에 위기를 맞으며 계속 운영되었다. 그러나 반절이 된 매출은 회복되지 않았고 정신을 차리지 못한 아버지는 다시 도박에 손댔다. 새어머니의 대응은 어머니와 달랐다. 아버지의 도박패가 약국에 모여 있다는 정보를 입수하면 차로 약국 셔터를 들이받았고 아버지가 홧김에 선풍기를 부수면 골프채로 텔레비전을 부쉈고 약속을 어기면 변호사를 통해 내용증명서를 보냈다.

3년이 지나 언니가 독립하면서 아버지와 언니의 관계는 더욱 소원해졌는데 두 사람의 관계는 언니의 결혼을 앞두고 개선될 뻔했으나 아버지가 결혼식에 참석하지 않는 바람에 도리어 골이 깊어졌다. 너네는 항상 뜯어갈 생각만 하지. 결혼할 때가 돼서 연락한 게 괘씸하다며 아버지는 결혼 자금을 보태주지 않았다. 더불어 내가 차일피일 독립을 미루는 것도 돈 때문이라고 생각했다. 누가 나가지 말라고 붙잡았냐. 가족이 뿔뿔이 흩어진 후에도 자신이 망가뜨린 게 뭔지 전혀 감을 잡지 못했다. 그게 내가 기억하는 아버지의 마지막 모습이었다.

오피스텔에 들어서자마자 나는 부엌 찬장에서 작년에 다도 수업을 들으면서 산 철관음을 꺼냈다. 내가 미지근한 온도로 짧게 찻잎을 씻는 동안 언니는 거실 소파에 앉아 참았던 말을 쏟아냈다. 지금 어떻게 사는지, 형부는 어떤 사람인지, 조카는 몇 살인지. 언니를 가장 화나게 만든 건 아버지가 하지 않은 말들이었다. 그동안 한 번도 만난 적 없는 형부와 조카는 아버지에게 존재하지 않는 사람이나 다름없었다. 애당초 가지 않았다면 마음 상할 일도 없었을 텐데. 나는 아직까지 언니의 마음에 아버지에게 베풀 온정이 남아 있는 게 신기했다. 차를 마시며 무언가 불만족스러운 표정을 짓던 언니가 역시 매운 걸 먹어야 스트레스가 풀린다며 현관 신발장에서 전단 책자를 가져왔다.

"너 닭발 못 먹지? 보쌈 시킬까."

내가 먹을 수 있다고 하자 책자를 훑던 언니가 고개를 들었다. 나는 의아해하는 언니에게 말했다.

"그런 것도 못 먹는 내가 유난스럽다며."

"누가?"

"누구긴, 언니지."

그날 처음으로 언니의 얼굴에 미소가 떠올랐다.

"내가 사는 즐거움을 알려줬네."

내가 닭발을 주문하는 사이 언니는 옆에서 조카에게 전화를 걸었다.

"아들, 재밌게 놀고 있어? 맛있는 거 먹었네. 현서 어머니께 감사하다고 인사드렸고? 잘했어. 이모랑 저녁 먹고 금방 갈게."

언니의 다정한 말투는 익숙해지지 않았다. 산후조리원에서 나온 언니는 한동안 아이에게 정을 붙이지 못했다. 내 자식

언박싱

이라고 나 예쁜 건 아닌 것 같다던 고백 이후 아이와 종일 시간을 보내며 조금씩 달라지더니 내가 전혀 예상치 못한 모습을 보여줬다. 결벽증이 있는 사람이 더러운 양털을 만지며 양이 무섭다는 아이를 안심시키고, 학창 시절 발표 전날마다 잠을 못 자던 사람이 웅변 발표회에서는 발표자보다 우렁찬 목소리로 응원했다. 유년 시절에 갈구했던 부모의 모습을 언니 스스로 찾아가고 있었다.

호기롭게 매운맛을 시킨 언니와 나는 닭발보다는 계란찜과 주먹밥으로 배를 채웠다. 후식으로 씻은 딸기를 두어 개 집어 먹은 언니가 아무래도 조카가 신경 쓰이는지 가방을 챙겼다.

"너 정말 안 가볼 거야?"

허리를 수그린 채로 구두에 발을 끼워 넣던 언니에게서 한풀 꺾인 소리가 흘러나왔다. "많이 늙었어. 초라해서 화가 날 지경이더라." 나는 언니의 얼굴을 볼 수 없었지만, 아마도 우리가 아버지와 한집에서 살던 시절에는 지을 수 없었던 표정일 거라고 생각했다.

부모님과 관련된 사안에서 나는 매번 언니의 결정을 이해했지만, 그때만큼은 아니었다. 아버지와 연을 끊고 나서 나는 죽을 때까지 이해할 수 없을 것만 같았던 아버지가 어떤 사람인지 알 것 같았다. 돈을 버는 게 가장으로서 의무의 전부라 생각하고, 그걸 다른 가족에게 함부로 할 권리로 여기고, 젊을 적에는 밖에서 방황을 하다 나이가 들어 가족의 품을 찾는 그 세대의 평범한 남자. 아버지는 그런 수많은 아버지 가운데 한 사람이었다. 과거의 미움과 원망도 아버지 세대에 품은 보통의 거부감에 가까워졌지만, 나는 아버지를 다시 만나고 싶지 않았다. 과거 아버지에게 품었던 감정들이 의지의 문제가 아니었듯 아버지를 다시 내 삶에 받아들이는 것 또한 이해나 용서와는 별개의 일이었다.

외할아버지가 심근경색으로 쓰러진 겨울에 어머니는 외할머니와 교대로 병간호하느라 집을 자주 비웠다. 아버지가 병원에 있는 어머니에게 나를 데려다주던 늦은 오후였다. 퇴근 시간이 가까워지자 도로가 정체되기 시작했다. 히터에서 나오는 훈훈한 바람에 잠기운이 몰려와 눈앞이 가물거렸다. 아버지의 휴대전화가 울린 건 서행하던 차가 아예 멈췄을 즈음이었다. 어딘데? 아버지는 조수석 창문을 바라보고 있는 나를 힐끗 쳐다보며 대꾸했다. 오른쪽 샛길로 빠진 차가 내가 모르는 길로 들어섰지만, 나는 어디로 가냐고 묻지 않았다. 앞서 아버지에게 체육복이 없어서 혼난 일을 말했다가 시큰둥한 반응이 돌아와 마음이 상했던 차였다. 결국 내가 궁금함을 참지 못하고 아버지에게 어디로 가냐고 묻자 부족한 답이 돌아왔다.

어차피 저녁은 먹어야 하잖아?

비포장도로를 달리던 에쿠스는 굴다리 밑에서 정차했다. 전조등이 정면에 모여 있는 남자 넷을 비췄다. 나는 불길이 솟구치는 드럼통을 둘러싸고 있는 사람들이 누구인지 단번에 알아보았다. 아버지의 고향 친구들이었다. 아버지는 씀씀이가 헤픈 까닭에 실속 없는 인간관계가 많았는데 그중에서도 어머니가 가장 싫어한 이들이었다. 어머니에 따르면 아버지를 치켜세우며 속으로 벗겨먹을 궁리만 하는 사람들.

보신탕 한번 먹어볼래?

차 안에서 기다리라며 차 문을 열던 아버지가 갑자기 뒤돌아 물었다. 나는 남자들의 발 근처에 놓인 가마솥과 들통을 보며 내가 제대로 이해한 건지 확인했다.

보신탕이면 개?

아버지가 고개를 끄덕이며 내 표정을 살폈다. 네가 먹을 수 있겠어? 시험대에 선 것과 같은 순간이었다. 내가 머뭇거리다 고개를 가로젓자 아버지는 용기를 북돋듯 말했다. 개라고 생각하니까 거부감이 드는 거야. 모르고 먹으면 다들 맛있다고 해. 그러나 나는 개를 먹는 나를 상상하는 것만으로 식욕이 떨어졌다. 나는 개와 소는 다르다고 생각했지만, 개나 소나 마찬가지라고 생각하는 아버지는 나의 거부감을 이해하지 못했다. 그 차이를 설명하는 데 실패한 나는 그저 계속 고개를 가로저었다.

들통에 있던 내용물을 불 위의 가마솥으로 옮긴 남자들은 보신탕이 끓길 기다리며 담배를 피웠다. 조수석에 홀로 앉아 있던 나는 딴생각을 하려 했지만, 나도 모르게 그쪽으로 향하는 시선을 막지 못했다. 한 번도 본 적 없는 음식을 향한 호기심보다는 미련이었다. 아버지가 나에게 무언가를 같이하자고 제안한 건 처음이었다. 왠지 못마땅해 보이는 아버지의 표정을 되새길수록 아버지가 내게 무언가를 같이하자고 할 날이 다신 오지 않을 것 같은 기분이 들어서 늦게라도 차에서 내릴지 망설여졌다.

종이컵에 담긴 소주로 목을 축인 남자들이 보신탕을 뜨기 시작했다. 가마솥에서 솟구치는 수증기에 가려 아버지의 모습이 잘 보이지 않았다. 나는 수증기에서 비켜서 있던 아버지의 친구와 눈이 마주쳤다. 어머니와 간 세차장에서 몇 번 인사한 사람이었다. 남자가 길쭉한 반달 모양의 뼈를 게걸스레 뜯고 있는 모습을 본 순간 나는 불현듯 그가 먹고 있는 개가 어떤 개인지 알 것 같았다. 세차장 수돗가 근처에 묶여 있던 개. 나를 본 개가 오줌을 지리며 달려들어서 나는 황급히 어머니 뒤로 숨었다. 해치려는 게 아니야. 널 너무 좋아해서 그래. 저거 봐. 꼬리 흔드는 거 보이지? 개는 좋으면 꼬리를 흔들어. 그게 개가 사랑을 표현하는 방식이라고 어머니는 겁에 질린 내게 말했다. 그 말을 듣고 자세히 보니 개는 나를 싫어하는 기색이 아니었다. 너무 좋아서 어쩔 줄 모르겠다는 듯이 혀를 내밀고 바닥에 침을 뚝뚝 떨어뜨렸다. 죽는 순간까지 그 개는 그때의 맹목적인 시선으로 사람을 보았을까. 차 안이 보이지 않는다는 걸 알면서 나는 아저씨들 쪽으로 시선을 돌리지 못했다. 점차 속이 안 좋아진 나는 멀미가 나면 먼 곳을 바라보라던 어머니의 말을 따라 그사이 어두워진 하늘을 바라보았다. 앞뒤를 밝힌 차들의 행렬이 굼뜬 속도로 겨울밤을 지나고 있었다. 언뜻 정지 상태처럼 보였으나 잠시 눈을 감고 있다가 다시 보면 다른 위치였다. 나는 그중 한 대를 골라 지루한 기다림을 함께했다. 그런 식으로 열여섯 대를 다리에서 내보내니 교통 체증이 풀리기 시작했고 얼마 안 가 나도 굴다리를 벗어날 수 있었다.

아무 일도 일어나지 않았던 그날 어떤 일이 벌어졌다고 나는 생각한다. 물론 당시에는 내 마음에서 일어난 작용을 알지 못했다. 다시 방문한 세차장에는 원래 있던 성견 대신 3개월도 안 된 새끼가 묶여 있었다. 시골집으로 보낸 어미가 낳은 새끼 다섯 마리 중 한 마리를 데려왔다고 했다. 담배를 피우며 쉬던 세차장 직원은 태연한 얼굴로 자신을 향해 꼬리를 흔드는 강아지의 뺨을 때렸다. 그게 남자가 개와 놀아주는 방식이었다. 시골로 갔다는 개는 종종 머릿속에 떠올랐다. 그때마다 나를 향해 짖는 모습이 호의인지 적의인지, 내가 그 개에 드는 감정이 연민인지 혐오인지 알 수 없었다.

아버지가 대체 무엇을 그렇게 잘못한 거냐는 고모의 물음에 떠오른 건 아버지의 명백한 잘못들이 아니라 정확히 뭐라고 설명할 수 없는 그날이었다.

"처음이 힘들지. 다들 안 먹어봐서 거부감을 가지는 거야."

내가 개고기를 먹은 건 처음 임용된 학교에서 중복을 맞아 다 같이 저녁 식사를 하러 간 날이었다. 몸에 좋은 걸 우리만 먹을 수 없다며 교감 선생님이 보신탕을 담은 앞접시를 내게 건넸다. 그러고는 먼저 먹으라며 수저를 들지 않았다. 내가 먹지 않으면 아무도 숟가락을 들 수 없는 분위기였다. 내가 마지못해 국물을 떠서 삼키자 교감이 젓가락을 들며 다른 선생님들에게 말했다. "자자, 우리도 먹자고." 보신탕을 먹기 싫은 몇몇 선생님은 먼저 핑계를 대고 불참했으나 미리 나에게 언질을 준 사람은 없었다. "우리 이 선생." 이후 교감은 나를 부를 때마다 앞에 '우리'를 붙였다. 우리라는 단어를 들을 때마다 속에서 반감이 솟았지만 내색하지는 않았다. 그 학교에 근무하는 동안 나는 세 번 보신탕을 먹었고 두 번은 핑계를 대고 빠졌다. 어차피 먹을 거면 머뭇거리지 말자는 게 내가 첫 사회생활에서 결심한 것이었다.

그렇게 1년 가까이 이어진 문자에도 나는 끝내 아버지를 만나러 가지 않았다. 그러다 정말 죽어버리기라도 한 것처럼 어느 날부터 아버지에게선 연락이 오지 않았다.

*

계단식으로 조성된 전원주택 단지는 건물 간격이 좁아서 밤이 되면 이웃집이 훤히 들여다보였다. 주위의 산 때문에 조명이 더욱 환하게 느껴졌다. 텔레비전을 보면서 꾸벅꾸벅 졸고 있는 이웃집 노인이란 술을 마시며 보기에 김이 빠지는 정경이었다. 이웃집에서 키우는 진돗개가 무슨 기척을 들었는지 마당 오른쪽 개집에서 나와 주변을 어슬렁거렸다. 일전에 개가 목줄을 끊고 어머니 집 마당에 내려왔을 때 심장마비가 올 뻔했다는 이야기가 떠올라 목줄이 제대로 묶여 있는지 살폈다. 산을 향해 으르렁대는 개를 따라 밤나무 부근을 봤지만 달리 눈에 띄는 건 없었다. 이따금 숲에서 울던 매미 소리도 들리지 않았다. 개만 느낄 수 있는 위협 같았다.

"피워도 되지?" 베란다 문을 열고 나온 남자가 정원 테라스에 먼저 자리를 잡고 있는 나를 보고 멈칫했다. 나는 담배 끄트머리를 매만지고 있는 남자를 향해 고개를 끄덕였다. 10년 전, 언니의 결혼을 앞두고 우리 자매는 이혼 후 연락이 두절됐던 어머니와 재회했다. 그사이 사랑하는 사람을 찾은 어머니는 우리에게 새아버지를 소개시켰다.

"자주 좀 들러." 테라스에 있던 화분들을 살피던 새아버지가 문득 말을 꺼냈다. 나는 그러겠다고 대답했지만, 이전에도 수차례 주고받은 대화였다.

어머니의 언질을 들어서인지 저녁 내내 새아버지의 기분이 안 좋아 보였다. 조카의 생일 파티를 이은 술자리에서 새아버지는 형부의 이직을 두고 잔소리를 하기 시작했다. 형부의 표정이 점점 어두워지자 어머니와 언니는 평소보다 일찍 술상을 치웠다. 새아버지와 형부가 서로를 탐탁지 않게 여기는 건 모두 아는 사실이었다. 담배를 끊어라, 아들과 자주 놀아줘라. 형부는 언니의 친부도 아닌 남자가 참견하는 게 싫은 눈치였고, 새아버지도 자신을 인정하지 않는 형부의 속내를 알았다. 하지만 두 사람 모두 감정이 상할 말이나 행동을 해선 안 된다는 걸 알았다.

안쪽에서 거실 창문이 열리면서 잠옷으로 갈아입은 조카가 우리를 향해 얼굴을 내밀었다. 잠자리 인사를 하고 문을 닫던 아이가 갑자기 할아버지를 불렀다. 아버지라고 부른 지도 10년 가까이 됐으나 아직까지 호칭을 생략할 때가 많은 나와 달리 조카는 자연스레 호칭을 불렀다. 어찌 보면 당연했다. 이 애에게 새아버지는 태어날 때부터 가족이었으니까.

승부욕이 강한 아이는 낮에 배드민턴 시합에 진 게 생각났는지 내일 다시 치기로 한 약속을 상기시켰다. "모기 들어와. 문 닫아." 언니가 잔소리를 하자 아이가 들으란 듯이 발을 쿵쿵대며 방으로 들어갔다. 빈 화분에 꽁초를 버린 새아버지는 집 안으로 들어가던 중 내 앞에 놓인 맥주 세 캔을 보고 잠시 고민하는 눈치였지만 결국 아무 말도 하지 않았다.

새아버지와 어머니는 자식 일에 있어선 여전히 남이었다. 새아버지의 딸이 사기꾼 같은 남자를 결혼 상대로 데려왔다는 건 어머니에게만 하는 이야기였고, 내 결혼 문제도, 만나는 사람은 없냐고 물어보긴 해도 강요하지는 않았다. 조카와 잘 놀아주는 것도 그렇고, 골프든 낚시든 항상 어머니를 동반해서 가정적인 사람이라고 생각했는데 딸과 사이가 별로라는 얘기를 들으니 새삼 내가 아는 모습은 일부에 불과하다는 생각이 들었다. 어머니와 새아버지, 언니, 형부 그리고 조카. 지금의 가족을 떠올리면 이 정도면 괜찮다고 만족하면서도 가끔 이 조심스러운 관계가 찜찜하게 느껴지는 건 그 때문일 것이다. 절박한 상황에서 어떤 모습으로 변할지 모르는 채로 지내는 지금의 관계가 정말 가족인지 알 수 없을 때면 오래전의 실패를 떠올리게 된다.

"언제 잘 거야?"

그사이 마스크 팩을 붙인 언니가 테라스 의자에서 일어날 기미를 보이지 않는 내게 물었다. 내가 우물쭈물하자 들어갈 때 거실 불을 끄라고 당부하고는 들어갔다. 아침에 장을 보고 오면서 나는 언니에게 아버지의 산소에 다녀왔냐고 물어보려다 하지 않았다. 조카는 모르는 할아버지. 내가 조카에게서 발견한 고수머리와 넓적한 손톱 같은 흔적을 언니와 어머니가 보지 못했을 리 없지만 누구도 그에 관해 말을 꺼내지 않았다. 이제 저마다의 비밀로 남은 남자가 한밤중 갑자기 울리던 초인종처럼 난데없이 떠오를 때가 있다. 그럴 때면 시간이 부족해 앞서 지나친 문제를 되씹었던 학생 때로 돌아간 기분이 들었다. 삶이 성패나 승패를 가르는 격전지가 된다면 그 전쟁터에서 멀쩡히 살아나올 수 있는 사람은 없다고, 그런 생각을 들으면 아버지는 뭐라고 대꾸할까. 이제 좀 컸다고 제 부모까지 가르치려고 드는 거냐. 코웃음 칠 것이다. 그의 죽음 이후 나는 알게 되었다. 결별이나 죽음이 끝을 의미하지 않는다는 것. 무언가에 관해 너무 많이 생각하면 분명한 것도 모르는 게 되어버린다는 것. 그 때문인지 내가 모르는 곳에서 아버지가 살아가고 있을지도 모른다는 의심이 든다.

아무도 드나들지 않았는데 머리맡에 놓여 있던 크리스마스 선물들. 어릴 적 나는 상자 안에 무엇이 들어 있을지에 대해서만 생각했다. 네 엄마는 선물 고르는 안목이 형편없어, 그치? 아버지가 내 선물을 뜯은 크리스마스에 산타가 허구의 존재라는 것을 알게 되고 나서도 개의치 않았던 것처럼 그 선물을 누가 줬는지는 중요하지 않았다. 선물은 내가 원하는 게 무엇인지 알려주었다. 하지만 정말 원하는지는 그 선물을 사용하고 확실해졌다. 나는 선물을 담고 있던 상자처럼 아직 남은 일이 있는 듯한 기분으로 테라스에 앉아 있었다. 과거에 두려워했던 정적의 비밀과 허무를 들여다보면서. 불이 꺼진 이웃집을 보고 이제 그만 들어가야겠다는 생각이 들었지만 나는 그 뒤로 한참 테라스에 머물렀다. 사이사이 나를 의식하며 고개를 드는 개와 함께.

시작하는 이들의 밤

하루는 시작되자마자 가장 짙은 어둠을 만난다. 출발과 어울리지 않는 풍경이다. 하루가 왜 어둠 속에서 시작되는지, 시작되자마자 어째서 가장 짙은 어둠을 만나는지, 그 어둠이 어떤 식으로 물드는지, 그 찬란함이 어떻게 사위는지 나는 안다.

알면서도 어리둥절할 뿐이다.

새벽 1시. 잠들어 있어도 깨어 있어도 이상하지 않은 시간에 교하 씨와 나는 산행을 시작한다. 산행이라고 하기에도 멋쩍은 동네 뒷산이었지만. "힘들다고 투정 부려도 도와주지 않을 거예요." 아래서 교하 씨는 지금이라도 돌아가는 게 어떠냐고 재차 확인했다. "우습게 보면 안 돼요. 밤은 얕은 오르막길을 낭떠러지로 변모시키니까."

우리는 휴대전화 조명에 의지해 한 치 앞만 내다보며 발을 디뎠다. 나는 앞장서 어둠을 헤치는 교하 씨의 등을 바라보았다. 누군가의 뒷모습을 이렇게 오래 본 적이 있던가. 뒷모습을 무심하다 느끼지 않는 건 뒤를 살피는 눈길 때문이었다. 교하 씨는 내가 잘 따라오는지 틈틈이 확인했는데 그녀의 시야 안에 있으면 왠지 무사한 기분이 들었다.

"어느 쪽이에요?"

비슷해 보이는 갈림길을 두고 교하 씨가 걸음을 멈췄다. 스무 살 무렵에 교하 씨는 친구와 술을 마시고 이 산을 올랐다. 취기와 객기로. 어쩌다 그런 생각을 했는지 어떻게 올라갔는지 기억은 나지 않으나 정상의 모습은 선명하다고 했다. 산 정상에는 관측소가 있었는데 높이가 3미터밖에 되지 않아 과연 무엇을 관측할 수 있을지 의심스러운 건물이었다. 교하 씨와 친구는 자물쇠와 경고문을 가볍게 뛰어넘어 나선형 계단을 올랐다. 원통형 건물의 꼭대기에 서자 그때까지 보이지 않았던 둘레길 너머가 보였다. 시선이 조금 올라갔을 뿐인데 시야를 가로막는 나무들이 사라지자 그녀가 아는 것보다 세상이 넓고 다채로워 보였다고, 그날 밤 교하 씨는 상기된 채로 계단을 내려오다가 생애 처음 깁스를 했다.

"어느 쪽으로 가든 정상에 닿지 않을까요?"

동네 뒷산은 보통 그러니까. 교하 씨는 등산객들의 자취가 적은 쪽을 가리켰다. "아마도 이쪽일 거예요. 그때 난 그런 애였거든요."

스무 살의 교하 씨는 어떤 선택이 안전한지 모르지 않았다. 다만 안전은 선택의 기준이 아니었다. 그로 인해 굳이 겪지 않아도 될 고생과 불편을 겪을 때가 많았고 후회도 했다. 그런데도 교하 씨는 다시금 그런 선택을 했다. 친구들이 생각하듯 낙관이나 고집은 아니었다. 애초에 그녀가 선택할 수 있는 사안이 아니었다.

얼마 안 가 교하 씨와 나는 끊어진 길을 맞닥뜨렸다. 왔던 길로 돌아가 선행자들을 따랐다면 정상에 도달했겠지만, 우리는 그대로 평평한 바위와 나무 밑동에 눌러앉았다.

"예상대로 흘러가는 게 무슨 재미예요."

교하 씨는 보라색 배낭에서 보온병과 초콜릿을 꺼내며 말했다. 그날도 예상치 못해서 기억에 남았을 거라고. 나는 온기가 남은 커피를 머금으며 열네 살 이후 다수에 속해본 적이 없다는 그녀의 삶을 상상했다. 럼과 오렌지제스트가 들어간 초콜릿은 시큼하고 씁쓸했다.

당시 교하 씨와 나는 각자 가장 힘들었던 경험을 같이한 뒤에 우리의 관계를 재정립하기로 했다. 그런다고 우리가 갈 길이 평탄해지는 건 아니었지만, 앞으로 닥칠 일들에 각오를 다지기 위함이었다. 내레이션 아르바이트, 3일 단식, 산티아고 순례길 걷기. 내가 자정의 산행을 고집한 건 그보다 힘든 경험은 많았지만 그게 가장 값싸고 아름다웠기 때문이었다. 나는 우리가 공유하게 될 것 중 아름다운 게 하나쯤은 있기를 바랐다.

"춥네요."

"더 추워질 거예요. 동틀 무렵이 제일 춥대잖아."

산을 오르는 내내 들었던 정체 모를 기척과 바람 소리, 경고처럼 들리는 산새들의 울음은 곧 도래할 결과를 예언하듯 불길했다. 예언대로 우리는 가고자 했던 곳에 이르지 못했고 아직 서막에 불과하다는 듯 그 소리는 여전히 주위를 맴돌았다. 불안은 사라지지 않았으나 불행하진 않았다. 목적이 무슨 소용인가 싶었다. 함께 있는데. 교하 씨와 나는 소박한 사람들이었고 그것으로 충분했다.

내가 제일 힘들었던 경험은 내 기억에 없다. 나는 아버지와 외할머니를 통해 그 얘기를 전해 들었다. 태어날 때의 일이다. 일곱 달 만에 나와서 나는 인큐베이터에 있었고 어머니와 아버지는 출생신고를 늦게 해 과태료를 냈다. 그때 할머니는 색색의 실을 엮어서 어머니에게 부적을 쥐여 주었다. 그게 어떠한 효험이 있는지 알 수 없지만, 어머니는 그것을 쥐고 기도를 했다고 한다. 그리고 수능 전날 그 천 조각을 내게 건넸다.

"나는 이걸 노주라고 불러요."

노주는 수학여행으로 간 금산사에서 본 보물의 이름이었다. 지붕 없이 덩그러니 놓인 기둥에는 용도를 알 수 없다는 설명이 붙어 있었는데 고심 끝에 그렇게 적을 수밖에 없었을 해설사의 모습이 떠올라 웃음이 났다. 노주의 효험인지는 모르겠지만 나는 1지망이던 대학에 추가 합격했다. 이후 어려운 일을 맞닥뜨릴 때마다 나는 노주에 소원을 빌었다. 노주는 내 소원을 들어줄 때도 있었고 들어주지 않을 때도 있었다.

그게 뭐냐고, 교하 씨가 드물게 소리 내어 웃었다. 우리는 그날 밤 노주를 쥐고 각자 소원을 빌었다. 나는 해가 중천에 떠 있을 때 다시 교하 씨와 산을 오르고 싶다고 생각했다. 장난기 어린 미소를 짓던 교하 씨는 끝내 무슨 소원을 빌었는지 알려주지 않았다. 2년 뒤, 교하 씨와 내가 헤어진 이유는 우려한 일 때문이 아니었다. 대부분의 연인이 그렇듯 많은 일을 하며 많은 날을 지나는 동안 곁에 있던 사람을 놓쳐버렸다. 이별 후, 내가 그날 빌었던 소원을 물었을 때 교하 씨는 그날 밤과 비슷한 미소를 지으며 말했다.

"산에서 내려갈 때 깁스를 할 만한 사고는 일어나지 않게 해달라고요."

그날 교하 씨와 나는 하산을 하다가 정상에 도달했다. 역시나 동네 뒷산이었다. 그러나 교하 씨가 말한 전망대는 거기에 없었다. 철거된 모양이라고, 교하 씨가 허탈한 목소리로 말했다. 기왕 이렇게 됐으니 일출까지 보고 가자고, 교하 씨와 나는 의기투합했다. 결과적으로 우리는 일출을 보지 못했다. 황사가 심해서 해가 보이지 않았다.

"저기 봐요."

2년 간 수없이 본 얼굴보다 그날 본 뒷모습이 선명한 건 왜일까. 나는 교하 씨가 가리키는 방향으로 고개를 돌렸다. 지금 생각하면 몇 초의 변덕에 불과했지만, 그 순간만큼은 매일 암흑을 통과하고도 세상이 무사한 이유를 알 것 같았다.

후일담

검은 기와와 적벽돌, 초록색 방수 시트. 화장실 창문을 가로막던 벽이 사라지니 매일 오가는 골목이 보인다. 도시의 중심부에 위치한 땅값은 계속 올랐다. 제자리에서 버티는 게 최선인 동네에서 보수의 흔적은 토박이들의 훈장이었다. 대로변으로 이어진 길목에 위치한 한옥은 그중에서도 눈에 띄었다. 쥐나 길고양이가 튀어나올 법한 주물 대문들 사이 새로 단 홍송 대문에서만 유일하게 사람이 걸어 나올 듯했다. 대패로 갓 벗겨낸 듯한 원목에는 '立春大吉'이라고 쓴 한지가 붙어 있었는데 흘림 없이 반듯한 서체였다. 아직 미래를 생각하는 사람이 있구나. 이사 온 지 얼마 안 됐을 즈음 윤우는 그 문에 시선이 붙잡힌 바람에 면접에 늦고 말았다.

한때의 소망은 네 번의 겨울을 지나 홍송 대문과 함께 사라졌다. 어제 철거된 집이 그 한옥이었다. 골목 중간에 쪼그려

앉아 담배를 피우던 인부들은 출근길이 아니었다면 저녁으로
착각했을 만큼 피로한 표정이었다. 저래서 어떻게 집을 부수
고 잔해를 나를지 미심쩍었으나 퇴근길에 본 집터는 발치 치료
를 받은 것처럼 붉은 흙만 남아 있었다. 종종 발길을 붙잡던 홍
송 대문이 없어진 것에 대한 상실감, 매일 화장실 창문으로 보
던 흉한 벽이 그 한옥의 뒷면이었다는 당혹스러움, 당장 길가
에 노출된 화장실에서 어떻게 씻을지 걱정하기에 앞서 윤우가
마주한 건 안도감이었다.

언젠가 창문으로 박새 한 마리가 들어온 날도 그랬다. 윤
기가 흐르는 새까만 털이 뚱뚱한 목을 두른 새였다. 등과 날개
에 황갈색과 녹색, 군청색이 섞인 오묘한 빛이 감돌았다. 박새
가 집 안을 날아다니며 이리저리 몸을 찧는 바람에 벽시계와
창가에 세워둔 도자기 화분이 거실 바닥으로 떨어졌다. 윤우는
깨진 화분과 식물을 쓰레기봉투에 넣고 남은 흙을 쓰레받기에
담아 창밖에 버렸다. 작은 돌풍에 가벼운 흙먼지가 날아갔다.
다행히 시계는 멀쩡해 보였다. 떨어지면서 초침이 조금 느려졌
거나 빨라졌을 수 있으나 당장은 눈치챌 수 없는 차이였다. 집
밖으로 박새를 내보내는 일은 바퀴벌레와 거미를 처치하는 것
보다 곤란했다. 그녀가 할 수 있는 일은 문을 닫지 않는 것, 세
상과 이어진 통로를 열어두고서 새가 스스로 나가기를 기다리
는 것이었다. 방과 거실을 오가며 집 안을 헤매던 박새가 현관

으로 나가자마자 윤우는 집 안의 모든 문을 닫았다.

지형이 반지하를 떠나기 일주일 전의 일이었다.

그 아름다운 박새를 징조로 받아들이고 윤우는 지형과의 이별을 덤덤하게 맞았다. 서래마을 파리크라상에서 샌드위치를 사 먹고 스타벅스에서 오늘의 커피 한 잔으로 다섯 시간을 뭉개는 일상은 여전할 테지만, 윤우는 프랑스에 간다는 지형의 말을 믿는 척했다.

*

4년 전 폭설이 내리던 날, 부동산 중개인은 윤우를 혜화동의 한 골목으로 이끌었다. 생애 처음 부동산에 들어갔을 때 그녀의 머릿속에는 인테리어 잡지에 나올 법한 집이 있었다. 얼마 안 가 윤우는 집을 구하기 전에 우선순위를 정해야 한다는 걸 깨달았다. 좁은 집에서 넓은 집으로, 채광이 좋은 집으로, 신축으로, 역세권으로. 계약이 끝날 때마다 우선순위는 바뀌었다. 시간과 경험이 쌓인다고 좋은 집을 구할 수 있는 건 아니었다. 현재 사는 집은 좀더 나은 집이 아니라 다른 집에 불과했다.

중개인이 가리킨 흰색 건물을 향해 걷다 보니 어느새 골목의 끝자락이었다. 네번째 집부터 인내심이 바닥을 보이기 시작한 중개인이 마지막이라며 데려간 곳은 2층에 신혼부부가, 3층과 4층에 주인 세대가 사는 다가구주택이었다. 매물로 나온 집은 등기부상 1층이었으나 실제로는 지면에서 세 계단 정도 아래였다. 윤우는 중개인이 제일 늦게 그곳을 보여준 이유를 짐작할 수 있었다. 리모델링 후 첫 입주인 데다가 건축업을 하는 집주인이 사무실로 쓸 계획이었다더니 흰색 외벽과 회색 톤의 알루미늄 단열 시스템 도어로 된 외관이 연남동에 있을 법한 카페처럼 보였다. 미송으로 짠 중문을 통과하자 서늘한 기운이 윤우의 몸을 감쌌다. 13평의 공간은 부엌과 이어진 작은 거실과 방으로 나누어져 있었다. 골목 쪽 시스템 창호로 들어온 반사광이 어스름히 실내를 밝히고 있는 모습이 일요일 아침마다 어머니의 손에 끌려갔던 성당을 연상시켰다. 예배당 양쪽 스테인드글라스를 통과한 햇빛이 묵직하게 색을 머금고 가라앉는 모습을 보고 있으면 그녀도 모르는 사이에 잠들었고, 잠에서 깰 때에는 이제 막 여정에서 돌아온 것처럼 현실을 꿰맞추는데 시간이 걸렸다.

"아가씨. 그냥 하는 소리가 아니라 이 집에 살던 사람들은 전부 잘돼서 나갔어."

가타부타 말이 없던 윤우가 선뜻 반지하를 계약하겠다고 하자 더는 보여줄 집이 없다며 난색을 띠던 중개인이 너스레를 떨었다. 빈말이 아니었는지 며칠 뒤 집주인은 계약서를 작성하면서 이전에 살던 부부가 청약에 당첨됐다는 얘기를 다섯 차례도 넘게 반복했다. 지금보다 나은 삶은 어떤 삶일까. 윤우는 집주인의 생색을 받아주며 2년 뒤 어떤 모습이면 집주인에게 감사할 수 있을지 생각했다. 월급이 오르는 것, 처우가 나은 카페로 이직하는 것, 반지하를 계약하면서 빌린 대출금을 갚는 것. 머릿속에 떠오르는 것들이 없지는 않았으나 쉽사리 흩어져버렸다.

반지하를 둘러보면서 윤우는 그늘진 창가에서 골목을 내다보는 자신의 모습을 그릴 수 있었다. 앞서 본 집들에서 좀처럼 그려지지 않던 그림은 그 무렵 그녀의 우선순위를 깨닫게 했다. 이사하면서 윤우는 큰맘먹고 거실 창가에 놓을 테이블 세트를 주문 제작했다. 그러나 그녀의 구상은 온전히 실현되지 못했다. 이사 간 지 얼마 지나지 않아 골목에서 제일 무서운 게 인기척이라는 걸 알게 됐기 때문이다. 매일 반지하 창문 앞에는 담배꽁초가 버려졌다. 그 범인을 떠올리면 창문을 열기는커녕 블라인드도 걷을 수 없었고, 그나마 열 수 있는 부엌과 큰방 창문은 둘 다 이웃집 벽에 가로막혀 있었다.

그로부터 1년이 지나 창문은 열렸다. 길어봤자 한 달이라고 장담했던 지형은 열 달 동안 반지하에 얹혀살았다. 초반에는 열심히 집을 알아보는 듯했으나 점차 시늉만 하더니 나중에는 집 이야기만 나오면 대놓고 딴청을 부렸다. 전세 계약이 끝나기 두 달 전부터 집을 찾아다녔음에도 불구하고 지형이 집을 구하지 못한 데에는 이유가 있었다. 살 수 있는 집이 아니라 살고 싶은 집을 찾았기 때문이다. 마음에 드는 집이 없는 건 아니었지만 교직에서 퇴임한 부모님에게서 받은 보증금으로는 언감생심이었다. 윤우가 동거를 결심한 건 지형이 매달 내기로 한 생활비가 가장 큰 이유였다. 하지만 그게 아니어도 윤우는 지형의 제안을 거절하지 않았을 것이다. 지형이 윤우의 집에 놀러와 제일 먼저 한 일이 블라인드를 걷는 것이었기 때문이다. 지형과 함께한 여름에 두 사람은 거의 매일 밤 거실 창문을 열어놓고 맥주를 마셨다. 물론 블라인드를 치고 산 사정을 이해하지 못했던 지형은 스스로 무슨 일을 했는지 알지 못했다. 그에게는 고작 창문을 여는 일에 불과했으므로.

지형 덕분에 창문을 열게 됐으나 윤우가 창문으로 본 것은 알고 싶지 않은 이웃의 모습이었다. 비좁은 골목에서 벽 하나를 맞대고 사는 사람들은 서로 드러내고 싶지 않은 것들을 드러낼 수밖에 없었다. 벽 너머에서 들리는 하수관 소리 같은 은밀한 기척들. 오른편 단독주택에 사는 아저씨는 종종 반지하 창문 앞에서 아주머니 몰래 통화를 했고 맞은편 건물에 사는 중국인 부부는 이웃이 내놓은 쓰레기봉투를 풀어 그들의 쓰레기를 꾹꾹 눌러 담았다. 골목 막다른 곳에 홀로 사는 할아버지의 유일한 즐거움은 사흘에 한 번 손수레를 끌고 폐지 수거를 하러 오는 할머니에게 시비를 거는 것이었다. 할머니가 빙판길에서 넘어져 골목에 나타나지 않았던 3주간은 온갖 참견을 다하고 다녀서 윤우도 노인을 피해 다녔다. 종종 할머니는 할아버지의 집에 들어가 한참 만에 나왔다. 언젠가 복대를 다시 차며 할아버지의 집에서 나오는 할머니와 마주친 윤우는 재빨리 눈길을 피해주었다. 그게 골목의 예의였으므로. 지형과 함께 살 때나 혼자 살 때나 윤우가 이웃 가운데 제일 좋아한 사람은 철거된 한옥의 주인이었다. 이제껏 벽을 맞대고 살면서 한 번도 그 사람과 마주친 적이 없었기 때문이다.

지형과 헤어진 뒤에도 윤우의 일상은 별반 달라지지 않았다. 그녀에게는 매일 해야 할 일이 있었다. 청소와 정산, 재고 확인, 주문서 발주. 윤우는 냉장고에 카페 근무 스케줄과 메모지를 붙여놓고 휴일인 목요일마다 한 주간 적어놓은 목록을 들고 마트에 다녀왔다. 딸기 두 팩에 만 원, 산지 직송 상품, 마진 최소화, 세제 구매 시 리필용 섬유유연제 증정. 사야 할 것과 사고 싶은 것과 살 수 없는 것. 간단한 덧셈과 뺄셈으로 그녀가 살 수 있는 현실이 드러났다.

"젊은 사람이 정신을 어따 두고 다녀?"

장을 보고 돌아오는 길에 윤우는 대문 앞에 나와 있던 옆집 할아버지와 마주쳤다. 곧 할머니가 방문할 시간인 듯했다. 그녀가 의아한 표정으로 쳐다보자 할아버지가 반지하 대문을 가리켰다.

"며칠째 붙어 있던데."

집배원이 붙이고 간 우편물 도착 안내서였다.

마트에서부터 걸음을 재촉했는데도 아이스크림이 조금 녹아 있었다. 윤우는 아이스크림을 냉동실에 넣고 베이킹소다와 식초를 푼 물에 사과를 담근 후 전자레인지 위에 올려놓았던 우편물 도착 안내서를 살폈다. 오늘까지 우체국에 방문해 수령하지 않으면 반송하겠다는 통보였다. 영업 시간이 얼마 남지 않은 걸 확인한 윤우는 현관에 던져놓았던 에코백을 다시 집어 들었다. 그사이 집으로 들어갔는지 노인이 보이지 않았다. 한옥이 없어졌기 때문일까. 골목이 유독 허전하게 느껴졌다. 대로변에서 시작된 변화는 윤우가 사는 다가구주택 근처까지 다가섰다. 한옥이 철거되자 그간 한옥에 가려져 있던, 그녀가 사는 다가구주택의 후면을 비롯해 한옥과 담장을 공유하던 이웃집이 길목에 드러났다. 어젯밤 퇴근길에 윤우는 공터 너머에 있는 건물을 거듭 확인할 수밖에 없었다. 윤우가 사는 다가구주택의 후면이 매일 화장실 창문으로 보던 흉벽과 다르지 않았기 때문이다. 청명한 하늘 아래서도 빗물과 녹물 자국으로 거무추레했다.

"아무리 좋아봤자 반지하라니까."

지형이 불평했던 것처럼 조금만 방심하면 거미가 창가와 방 모서리에 집을 지었고 천장과 욕실 타일에는 곰팡이가 생겼다. 지형이 가장 견디기 힘들어했던 것은 습기와 곰팡내였다. 세탁소에 맡겨도 셔츠에 밴 냄새가 빠지지 않는다며 역할 만큼 향수를 뿌렸다. 생각해보면 그가 더 일찍 반지하를 떠나지 않은 게 이상한 일이었다. 지난 2년간 윤우는 스스로 의아할 만큼 지형의 근황이 궁금하지 않았다. 어디에 있든 그의 삶은 크게 다르지 않을 듯했다. 그가 정말 프랑스에 있는 학교에서 연출 공부를 한다고 해도 마찬가지였다. 한국에 있든 프랑스에 있든 그의 시선은 아직 다가오지 않은 시간을 향하고 있을 것 같았다.

반지하를 재계약하기 전에 윤우는 카페 사장의 소개로 조만간 한국을 떠날 예정인 부부의 집을 보러 간 적이 있었다. 기존의 보증금도 전세자금대출로 반을 채운 형편으로는 엄두도 못 낼 집이었으나 윤우가 방문 약속을 잡은 건 집주인을 향한 호기심 때문이었다. 삼십대 중반에 잘 다니던 회사를 퇴사하고 세계 일주를 떠나는 이들은 대체 어떤 사람들인지 그와 같은 열정과 담력은 어디서 비롯된 건지 보고 싶었다.

지하철역에서 나와 부부가 사는 주상복합아파트로 향하던 중 할머니 한 분이 횡단보도에서 신호를 기다리는 윤우에게 말을 걸었다. "내가 아가씨한테 좋은 말씀 전하려고." 윤우는 길거리에서 전도하는 사람들에게 눈치껏 다른 종교를 댔다. 그

편이 무교라고 하는 것보다 효과가 좋았다. 없던 믿음이 생기는 것보다 믿음의 대상을 바꾸는 게 어려운 법이니까. 하지만 그날은 짐작이 빗나갔다. 윤우는 어느 교구냐고 반색하며 묻는 할머니에게 지금은 냉담 중이라고 대답했다. 그러자 할머니는 안타까운 표정을 지으며 두 손으로 휴대전화를 쥔 윤우의 손을 감쌌다. "전부 하느님 말씀에서 멀어져서 그래." 결국 윤우는 방문하기로 한 집에 가지 못했다. 할머니에게서 손을 빼다가 휴대전화가 시멘트 바닥에 떨어졌기 때문이다. 이후 다시 약속을 잡았으나 약속한 날이 오기 전에 가계약을 맺었다는 연락을 받았다. 윤우는 종종 그때 가보지 못한 집을 상상했다. 냉장고, 침대, 식탁, 세탁기, 에어컨, 텔레비전, 소파. 그 공간을 채워 넣기에 그녀의 상상력은 빈약했다. 그나마 떠올린 건 풀 옵션 원룸에 딸린 가구와 가전제품이었다. 그러면서 윤우는 알았다. 상상은 누구나 할 수 있는 게 아니라는 걸. 상상의 소재인 경험과 창의력도 자산의 일종이라는 걸.

"하고 싶은 게 많은 사람."

지형이 어떤 사람이냐는 질문을 받을 때마다 윤우는 그렇게 답했다. 친구들이 궁금했던 건 나이와 직업, 외모 같은 것들이었으나 그녀가 생각하기에 그보다 지형을 잘 설명하는 말은 없었다. 영화감독이 꿈인 지형은 유명 사립대 경영학과를 자퇴하고 다른 학교 영화과에 두 차례 낙방한 뒤 사설 아카데미에 들어갔다. 수료 후에는 아르바이트하며 현장 스태프로 뛰다가 성격이 더럽기로 유명한 감독과 주먹다짐을 하고선 한국 영화판은 글렀다며 프랑스 유학을 준비했다.

지형과 동거하면서 가장 많이 바뀐 건 휴일의 풍경이었다. 두 사람은 개봉한 신작을 보러 나가거나 집에서 술을 마시며 지형이 고른 고전 영화를 봤다. 연휴에 방영하는 특선 영화나 보던 윤우는 지형을 통해 고다르라는 이름을 처음 들었다. 진실한 것, 선한 것, 아름다운 것, 불가해한 것, 불가항력적인 것, 불가능한 것. 윤우는 그녀가 모르는 영화가 그렇게 많은 것에 놀랐고 영화를 통해 무언가 말하고 싶어 하는 사람이 그렇게 많은 것에 다시금 놀랐다. "영화는 메시지야." 두 사람은 열 달간 50여 편의 영화를 봤다. 분명 두 사람은 같은 것을 봤으나 윤우는 지형이 말한 메시지를 찾아내지 못했다. 하지만 그와 별개로 윤우에게는 지형이 좋아할 만한 영화와 싫어할 만한 영화를 구분하는 안목이 생겼다. 윤우가 느끼기에 지형의 취향은 굳이 영화로 만들 필요가 있는지 의문이 드는 일상적인 것을 다룬 작품에 있었다. 지형이 아카데미에서 찍은 단편영화의 주인공은 편의점에서 일하는 여대생이었다. 윤우는 바코드를 찍는 주인공을 보며 자신의 스무 살을 떠올렸고 지형이 편의점에서 일해본 적이 없을 거라고 짐작했다.

지형의 머릿속은 언제나 시나리오로 가득 차 있었다. 준비 중인 작품뿐만 아니라 미래에 관한 시나리오도 준비되어 있었는데 여러 변수를 고려해 다양한 버전으로 각색한 시나리오 중에는 윤우가 포함된 것도 있었다. "넌 바리스타로 일하고 난 영화 학교에 다니는 거야. 방학을 하면 브르타뉴 지방으로 바캉스를 가는 거지." 지형은 장기를 두듯 그의 미래에 사람을 들이고 내보냈다. 그러한 태도는 사람에게 상처받은 경험이 없는 아이처럼 무구해 보였으나 가끔 그 아이는 해변에서 혼자 모래성을 짓는 것처럼 외로워 보였다. 윤우는 지형의 시나리오가 실현되리라고 생각지 않았다. 하지만 그 여부와 별개로 지형의 이야기를 듣는 게 좋았다. 혼자서는 상상하지 못했을 미래에 관한 계획을 듣고 있으면 인생의 선택지가 늘어난 기분이 들었다. 두 사람이 마트에서 산 저렴한 와인을 마시며 에릭 로메르의 「녹색 광선」을 보다가 잠든 날이었다. 주인공이 해변을 거니는 장면에서 윤우는 같은 장소를 걷고 있는 자신의 모습을 언뜻 보았다. 노트북 화면은 바다를 담기에 너무 작았다. 이내 전신 거울에 비친 두 사람의 모습을 마주한 윤우는 잠시나마 지형과의 미래에 진심이 된 게 부끄러워졌다.

두 사람이 동거하는 동안 지형의 부모님은 지형이 친구와 함께 산다고 알았다. 거짓말은 아니었다. 단지 이성이라는 걸 밝히지 않았을 뿐. 그런 식으로 지형은 부모님을 속였다. 지형의 부모님은 아들이 영화를 포기하고 공무원 시험을 준비하는 줄 알았다. 그렇게 매달 부모님에게 받은 돈으로 지형은 프랑스어 학원비와 생활비를 냈다.

"아마 엄마는 전부 알고 있었을 거야."

한번은 지형의 어머니가 반찬을 들고 방문한 적이 있었다. 그날 퇴근한 윤우가 지형에게 자신의 물건들을 미리 치웠냐고 묻자 지형은 숨길 시간도 없었다고 말했다. "너 여자친구 있니?" 그 한마디만 하고 돌아간 지형의 어머니는 다신 아들이 사는 곳을 찾지 않았다. 그 일이 있고 다섯 달쯤 지나서야 지형의 아버지는 그간 보낸 돈으로 지형이 프랑스어 학원에 다녔다는 사실을 알게 됐다. 그로 인해 경제적 지원이 끊기자 자연스레 윤우가 두 사람의 생활비를 모두 부담하게 됐다. "나 몰래 혼인신고라도 했어? 왜 윤우 씨가 걜 먹여 살려." 카페 사장은 윤우가 지형에게 이용당하고 있다고 확신했다. 하지만 윤우는 다른 것으로 대가를 지불받았다고 생각했다. 물론 사람들은 지형이 윤우에게 없는 것을 가지고 있다는 걸, 너무 많아서 그녀에게 나누어 주기도 한다는 걸 믿지 않았다. 그걸 알지 못한 건 지형도 마찬가지였다.

*

오후 5시가 지난 시각이었는데도 우체국 안은 사람들로

북적였다. 앞선 중년 남자가 수백 장이 넘어 보이는 내량의 준
등기를 부치는 바람에 윤우는 마감 시간이 다 되어 우체국을
나왔다. 수령증에 서명하고 건네받은 국제우편에는 파리의 우
체국 소인이 찍혀 있었다. 갈색 봉투를 열자 사진 한 장이 나왔
다. 왜 뜬금없이 그녀의 과거 사진을 보낸 건지 의아해하던 중
사진 뒷면에 적힌 필기체가 시야에 들어왔다.

Bonne année (새해 복 많이 받으세요)!

4년 전, 사장 커플은 망년회를 기획하며 단골 두 명에게 지
인을 한 명씩 데려오라고 했다. 윤우가 카페에서 일하기 전부
터 단골인 대수 씨가 데려온 사람이 지형이었다. 지형은 프랑
스의 영화 학교인 에즈라ESRA에서 연출 과정을 밟을 계획이
라고 말했다. 그래서 지금 알리앙스 프랑세즈도 다니고 있다
고. 옆에서 가만히 듣고 있던 대수 씨가 지형의 말을 끊었다.
"그 말만 2년째다." 기분이 상할 법도 한데 지형이 아랑곳하지
않는 걸 보아선 그런 취급을 받는 게 익숙한 듯했다.
　다 같이 대화를 나누던 사람들은 자정을 넘길 즈음에 두
무리로 나뉘었다. 건너편에서 사장이 그해 가을에 난 교통사고
에 관해 얘기하고 있었다. 윤우는 이미 몇 차례 들은 얘기였다.
교통사고가 난 이후 사장은 빨리 올해가 지나가버렸으면 좋겠

다는 말을 입에 달고 살았는데 고속도로에서 트럭과 충돌할 뻔하고 아홉수를 믿게 된 것 같았다. 스스로 생각해도 웃기지만 반사적으로 핸들을 틀어 가드레일을 박았을 때 사장은 그날 저녁에 하기로 한 가스 검침을 떠올렸다고 했다. 당사자의 말을 빌리면 신의 가호로 두 시간 뒤에 대학 병원 응급실에서 나온 사장은 그날 저녁 7시가 조금 넘은 시각에 방문한 가스 검침원에게 문을 열어줬다. 그날 이후 사장은 교회에 성실히 다니는 듯했으나 얼마 안 가 바다낚시에 빠져 주말마다 여수에 다녀왔다. 윤우가 자연스레 지형과 대화를 하게 된 건 그들만 이십대인 까닭도 없지 않았으나 가장 큰 이유는 다들 지형의 이야기를 허황하게 들었기 때문이다. 실현 가능성이 없다고 생각한 건 윤우도 마찬가지였다. 하지만 지형의 확신에 찬 눈빛을 마주하고 있으면 그 미래가 육안으로 볼 수 있는 거리에 존재하고 있는 것처럼 여겨졌다. 윤우는 지형의 이야기를 들으며 종종 그녀의 걸음을 멈추게 했던 홍송 대문을 떠올렸다. 그 문을 열면 어떤 집이 있을까. 그 집엔 어떤 사람이 살고 있을까. 그 앞을 지날 때마다 궁금했다.

망년회에서 연락처를 교환한 두 사람은 다음 주에 다시 만났다. 새해 둘째 날이었고, 기상청에서 발표한 체감온도는 영하 10도였다. 지형은 회색 파카에 주황색 비니를 쓰고 오른쪽 어깨에는 카메라 가방을 메고 있었다. 갈 곳을 고민하던 그들은 가까운 미술관으로 향했다. 덕수궁 돌담길을 지나던 중 지형이 윤우에게 양해를 구하고는 가방에서 카메라를 꺼냈다. 윤우의 시선이 렌즈의 방향을 따랐다. 평소 별생각 없이 지나친 돌담길이었으나 렌즈에 찍힌 벽의 문양은 고풍스러운 멋을 풍겼다. 조리개를 닫던 지형이 멀뚱히 서 있던 윤우에게 돌담 앞에 서보라고 권했다. 한사코 촬영을 거부하던 윤우가 결국 그가 지정한 자리에 섰다. 지형은 긴장한 기색이 역력한 윤우에게 계속 말을 붙였고 윤우는 렌즈를 의식하지 않기 위해 지형의 질문에 더욱 집중했다.

"작년에 계획한 건 전부 이뤘어?"

"못 지킨 건 없어."

거짓말은 아니었다. 지킬 것이 없으니 지키지 못한 것도 없었다. 이어 지형은 새해에 하고 싶은 일을 하나씩 말하자고 제안하며 자신은 구상 중인 시나리오를 완성하는 게 당장의 목표라고 말했다. 윤우는 도무지 떠오르는 게 없어서 고등학교 1학년 겨울방학에 갔던 파리 여행으로 화제를 돌렸다. 외환위기로 인해 대기업 자회사의 부장이었던 아버지가 명예퇴직하기 전까지 윤우 모녀는 방학마다 여행을 다녀왔다. 파리는 둘이서 갔던 마지막 해외여행이었다. 2년간 모은 돈으로 여행을 간 배경에는 그즈음 더욱 심각해진 부모님 사이의 불화가 있었으나 그러한 사정을 제외하니 친구 같은 모녀의 여행담처럼 들렸다.

　윤우의 어머니에게는 오래된 관행이 있었다. 여행지에서 산 엽서에 연하 인사를 적어 지인들에게 부치는 것이었다. 그 다정한 전통은 어머니가 직접 수놓은 쿠션과 뜨개질로 만든 곽 티슈 커버 같았다. 아버지의 퇴근을 기다리며 만든 인테리어 소품들은 결혼 이후 가정주부로 산 어머니의 고립과 외로움을 드러냈다. 언젠가 텔레비전에서 한물간 가수의 인터뷰를 보던 중 옆에 있던 어머니에게 제일 행복했던 때가 언제였느냐고 묻자 어머니는 당신 인생에서 가장 큰 사건은 윤우가 태어난 거라고 답했다. 외동인 윤우는 어릴 때부터 수많은 학원에 다녔다. 피아노, 영어, 컴퓨터, 독서, 검도, 미술, 발레, 스케이트. 그중 두각을 보인 건 없었다. 어머니의 기대에 부응하지 못한 미안함은 유년기를 벗어나며 자기 연민으로 방향을 틀었다. 고등학교에 입학하면서는 사사건건 어머니를 탓하기 시작했다. 네 나이에는 당연히 그럴 수 있다고, 윤우의 불손한 태도를 사춘기의 방황으로 받아들였던 어머니는 당신의 너그러움이 상대방을 점점 모나게 만든다는 걸 눈치채지 못했다.

　프랑스 여행 둘째 날, 가이드는 그들을 루브르 박물관에 데려갔다. 윤우는 친구들과 가기로 한 차이나타운에 혼자만 못 가게 돼서 여행 전부터 심통이 나 있었다. 어릴 적에는 여행 자체가 마냥 좋았으나 사춘기에 들어선 이후로는 여행지보다 누수와 가는지가 중요해졌다. 게다가 파리는 생각만큼 멋진 도시가 아니었다. 웨이터들의 표정은 오만한 데다 노숙자들의 냄새는 지독했다. 새끼 오리처럼 가이드를 따라 우르르 몰려다니는 것도 창피했다. 관람을 마친 다른 팀원들은 이미 가이드가 말한 집합 장소로 떠난 뒤였다. 윤우는 집합 시간이 얼마 안 남았는데 기프트 숍에서 여유로이 엽서를 고르는 어머니 때문에 초조한 동시에 짜증이 났다.

"어차피 답장하는 사람도 없잖아."

"다들 사는 게 바빠서 그렇지."

"모두 엄마의 그런 면을 질려 하는 거야." 윤우가 말한 '모두'에는 아버지뿐만 아니라 자신도 포함되어 있었다.

그날 저녁에 가이드는 숙소 근처에 있는 터키 음식점으로 팀원들을 데려갔다. 식사하는 내내 빈손으로 박물관을 나온 게 마음에 걸렸던 윤우는 식당에서 나오며 사과했다. 딱히 사과할 만한 일은 아니라고 생각했으나 왠지 건드려서는 안 되는 것을 건드린 기분이 들었다. "난 또 무슨 소리인가 했네." 어머니는 심상하게 대꾸했다. 그러나 어색해진 모녀 사이는 여행 내내 회복되지 않았다. 나중에 부모님의 이혼 소식을 들은 윤우는 어머니가 사과를 받으며 지었던 표정을 떠올렸다. 너무 아무렇지 않아 보여서 아무렇지 않게 지나칠 수 없었던 표정이었다. 그러면서도 자신의 마음이 불편한 까닭을 깨닫지 못했다. 세월이 흘러 세상에는 한 장의 엽서를 보내기 위해 한 해를 사는 사람이 있고, 다른 어딘가에는 그 엽서를 받기 위해 한 해를 사는 사람이 있다는 것을 알게 된 윤우는 절체절명의 순간에 떠오른 게 고작 가스 검침이었다는 사장의 우스개에 마냥 웃을 수 없었다.

당시 덕수궁 미술관에서는 조르조 모란디의 전시가 열리고 있었다. 전시를 보고 나온 지형과 윤우는 기프트 숍에서 장당 2천 원짜리 엽서를 두 장 사서 하나씩 나눠 가졌다. 며칠 뒤 윤우의 반지하에 그날 산 엽서가 도착했다. 군대에 간 남자친구에게 편지를 부쳤던 스물두 살 이후 편지다운 편지를 받은 건 처음이었다. 엽서가 그 시절의 기대와 설렘을 깨웠다고, 나중에 윤우가 지형에게 털어놓자 지형이 말했다. "그게 뭐라고. 앞으로 매년 보내줄게." 그게 그들의 첫 약속이었으나 얼마 안 가 동거를 하게 되면서 둘 다 그 약속을 잊어버렸다.

이웃들은 지형과 윤우를 커플로 여겼으나 정작 두 사람은 그들의 관계를 규정한 적이 없었다. 굳이 따지자면 친구와 연인 사이 어디쯤이었다. 평소 윤우는 지형에게 친구였고 그가 급성 장염으로 응급실에 갔을 때는 보호자였으며 매월 25일에는 집주인, 나중에는 투자자이자 동료였다. 그들이 연인다운 행위를 한 것은 딱 네 번이었는데 네 밤을 제외하고는 성적인 의도가 없는 스킨십이었다.

처음 지형과 관계를 맺었을 때 윤우는 그의 몸이 너무나 구체적이어서 깜짝 놀랐다. 지형의 귀가 이렇게 작았나. 손이 원래 찼던가. 왜 이렇게 숨소리가 큰 걸까. 그 순간 두 사람이 반지하에서 벌거벗고 있다는 사실이 너무도 적나라하게 느껴져서 윤우는 관계를 마치자마자 화장실이 급하다는 핑계로 지형에게서 떨어졌다. 윤우에게 지형은 미래에 대한 상상에서 가장 무결한 존재였다. 두 번의 밤을 더 보내고 윤우는 그 사실을 깨달았다. 그들의 유대감은 현실을 기반으로 하지 않았으나 그만큼 그들을 충만하게 하는 감정은 없었다. 그래서 지형도 윤우와 애써 관계를 맺으려 하지 않았던 게 아닐까. 양쪽 모두 실체가 없는 감정을 자각하고 있었으나 개의치 않았다. 영화가 그렇듯 본디 아름다움은 진실이 아닌 그럴듯한 왜곡에서 태어났고, 두 사람은 기꺼이 속아줄 준비가 되어 있었다.

지형은 오전에 종로에 있는 프랑스어 학원에 다니고 오후에 시나리오를 쓰는 것 말고는 딱히 하는 일이 없었다. 중간에 아르바이트한 적도 있지만 4개월간 아리랑TV에서 영상 편집을 한 게 그나마 오래 한 일이었다. 시나리오는 늘지 않는 프랑스어 실력처럼 진척이 없었다. 쓰고 고치고 버리고 다시 쓰고. 윤우는 영화에 관해 아는 게 없었지만 그런 식으로는 영원히 완성될 수 없다는 건 알았다. 그래서 영원히 완성되지 않을 것 같았던 시나리오가 완성됐을 때 그녀는 내심 놀랄 수밖에 없었다.

어느 날 근처에 볼일이 있었다며 윤우가 일하는 카페로 찾아온 지형은 윤우에게서 돈을 빌려 갔다. 전세 대출금을 상환하려고 모았던 5백만 원이었다. 지형은 그 돈으로 아카데미 지인들에게 연락을 돌려 팀을 꾸리고 장비를 대여했다. 그때만 해도 윤우는 단편영화를 찍는 데 그렇게 돈이 많이 들어가는지 알지 못했다. 촬영이 막다랐을 무렵에 10만 원, 20만 원씩 빌려준 돈까지 합치면 액수는 6백만 원을 상회했다. 지형이 영화에 그의 시간과 열정을 쏟는 것처럼 윤우는 그녀의 돈과 인맥을 지형에게 투자했다. 카페 사장과 디자인을 하는 친구에게 부탁해 촬영 장소를 구하고 포스터를 만든 것도 모자라 마지막 회차에는 일손이 모자란다는 말에 직접 촬영장에 나가 장비를 나르고 행인들을 통제했다. 윤우의 도움으로 지형의 영화는 가까스로 완성됐으나 그해 응모한 단편영화제에서 아무런 수상도 하지 못했다. 윤우는 실의에 빠진 지형을 위로하던 중 자신이 물심양면으로 그를 돕는 와중에도 영화가 잘되리라 기대하지 않았다는 걸 깨달았다. 그런데도 가망 없는 것에 매진한 그녀야말로 지형보다 구제 불능 같았다.

우체국에서 돌아오는 길에 윤우는 과거에 지형과 주고받은 게 무엇인지 생각했다. 그것을 따지면 지금 그녀가 느끼는 감정이 무엇인지 알 것 같았다. 아이러니하게도 윤우는 지형에게 받은 것들을 바로 떠올릴 수 있었으나 그녀가 그에게 무엇을 줬는지는 선뜻 대답할 수 없었다. 집을 제공하고 생활비를 부담하고 영화 제작까지 도왔는데 왜 무언가를 줬다는 생각이 들지 않을까. 그녀는 여전히 자신의 마음에서 일어난 일을 파악할 수 없었다.

2년이 지난 지금도 윤우는 같은 상황에 놓이면 절대 그러지 않을 거라고 단언할 수 없었다. 당시에도 택시 대신 버스를 타고, 좋아하는 바디 클렌저 대신 할인 행사 상품을 사가며 모은 돈을 내어준 자신을 이해하지 못했기 때문이다. 어쩌면 윤우의 인생에서 가장 큰 사치를 벌인 시기였다. 그때 처음으로 알았다. 사람의 마음은 너무 가득 차 있어도 아프다는 걸. 그 무렵 윤우는 무언가에 홀린 것처럼 지형에게 무엇이든 해주고 싶었다. 그게 정확히 어떤 감정인지 모르는 상태에서도 퍼 주지 못해 안달이었다. 때로는 단지 마음을 소진할 곳이 필요한 게 아닌지 의문이 들 만큼 주고 또 줘도 마음이 남았다.

결과적으로 지형을 프랑스에 있는 학교로 데려가준 건 윤우의 사진이었다. 지형이 입학 허가를 받기 위해 보낸 포트폴리오 속 사진의 모델은 대부분 그녀였다. 그게 윤우가 지형에게 준 것 가운데 가장 큰 선물일 수 있으나 그녀가 의도한 건 아니었다. 지형이 보낸 사진은 3년 전 초봄 즈음 찍은 것으로 사진 속 윤우는 혜화동의 어느 골목에서 부연 숨을 내뱉으며 무언가를 응시하고 있었다. 윤우는 사진을 보며 당시 무엇을 보고 있었는지 반추했지만 그게 뭐였는지 어쩌다 저런 표정을 지었는지 기억나지 않았다.

*

윤우는 출퇴근길에 길을 막아선 비둘기를 볼 때마다 박새가 이 새들과 다른 게 무엇인지 생각했다. 그날 박새는 현관으로 나가기 전에 잠시 윤우의 정수리에서 머물다 갔다. 새의 무게는 실로 가벼웠으나 그녀는 무거운 짐을 얹고 있는 것처럼 꼼짝할 수 없었다. 윤우가 긴장을 놓을 수 없었던 건 새 때문이 아니라 그녀도 모르게 뻗으려 하는 손 때문이었다. 손은 새를 느끼고 싶어 했다. 부리와 발톱에 긁힐 걸 알면서도 새와 가까워지고 싶어 했다. 그 손길에 새가 다칠 것 같아서 윤우는 움직이지 않는 데에 모든 힘을 쏟아부었다. 잔뜩 긴장한 그녀와 달리 새의 날갯짓은 천진했다. 그 날갯짓과 함께 멀어진 기억에서 박새에 관해 떠오르는 건 윤기가 감돌던 깃털뿐이었다. 감녹색으로도 보이고 군청색으로도 보이던 깃털. 윤우는 어떻게 빚어졌는지 모를 깃털의 오묘한 빛을 손에 쥐고 싶었다. 그러나 박새를 잡아도 그 빛을 쥘 수 없을 게 분명했기에 손 놓고 박새를 떠나보낼 수밖에 없었다.

박새가 한바탕 휘젓고 간 거실은 고요했다. 박새가 어디서

왔는지 어디로 갔는지도 알 수 없었다. 윤우가 아는 건 여닫이 창문 틈으로 들어왔다가 현관으로 날아가버렸다는 것뿐이었다. 그건 얼마만큼의 확률일까. 놀랄 만큼 낮은 확률로 추측되는 그 일이 필연으로 느껴지는 건 박새가 무언가에 이끌려 들어왔다가 다시 그것을 따라간 것처럼 보였기 때문이다. 사람은 알 수 없는 박새의 감각으로. 박새가 쫓은 건 무엇이었을까. 소리, 온도, 습도. 어쩌면 오감과 무관한 감각일 수 있었다. 윤우는 깨진 화분을 버리고 시계를 다시 벽에 걸었다. 당시에는 눈치채지 못했지만 떨어지면서 조금 느려진 초침은 며칠 뒤 완전히 멈춰버렸다.

지형이 떠난 반지하에서 윤우는 블라인드를 다시 내렸다. 거실 창가는 지형의 공간이었다. 4년 전 가구 공방에서 북미산 월넛으로 만든 가구를 주문 제작했으나 정작 그녀는 한 달이 걸려 받은 테이블과 의자에 앉아 있을 시간이 없었다. 지형은 테이블 왼편에 낮은 책장을 놓은 후 DVD와 영화 전문 서적을 채워 넣고 그 위를 포스트잇과 사진, 포스터로 도배했다. 오른편 서랍장 안에는 복싱 글러브와 LP, 오페라글라스, 드림 캐처, 보드게임 같은 잡동사니를 집어 넣었다. 필요한 물건만 있던 공간에 윤우의 기준에서는 쓸모없는 물건들이 들어오면서 가뜩이나 둘이 살기에 좁은 집이 더욱 좁아진 기분이 들었다.

하지만 비좁은 게 포근하게 느껴질 때도 있었다. 지형이 나가고 나선 더욱 그랬다.

지형은 절판된 책과 DVD만 챙겨서 떠났다. 윤우는 남은 짐들을 버리는 대신 기존에 있던 우드 블라인드를 흰색 암막 블라인드로 바꾸고 홈 프로젝터를 구입했다. 휴일에는 그녀만의 영화관에서 직접 고른 영화를 봤다. 모든 영화가 재미있진 않았다. 하지만 영화를 고르는 데 실패하면서 스스로 취향을 알아나갈 수 있었다. 짐 자무시와 미켈란젤로 안토니오니, 미하엘 하네케. 그녀의 취향은 과거에 지형이 알려주지 않은 감독들의 초기작이었다.

비로소 혼자가 되어 윤우는 영화에 집중할 수 있었다. 사람들이 영화를 통해 공유하려는 건 실상 대단치 않았다. 그건 저마다의 유년이었고, 요즘의 어느 하루였고, 늦은 밤 택시에서 한 불길한 상상이었고, 친구에게 일어난 불운이었고, 한낮에 만취한 채로 본 세상이었다. 윤우는 메시지를 발견할 때도 있었고 발견하지 못할 때도 있었다. 그녀에게 메시지는 별로 중요하지 않았다. 영화를 보고 있으면 타인의 삶을 엿보는 기분이 들었고 그 기분의 연장선으로 자기의 삶을 바라보게 됐다. 스스로 생각하는 그녀의 삶과 타인의 시선으로 본 그녀의 삶은, 거울에 비친 모습과 사진 속 모습이 다른 것과 같았다. 시선에 따라 그녀의 현실은 다르게 존재했다.

집에 도착한 윤우는 책장 위 벽면에 지형이 보낸 사진을 붙였다. 「천국보다 낯선」의 오른쪽, 「파리, 텍사스」의 위쪽이었다. 그리고 한 걸음 물러나 포스터들 사이에 있는 자신의 사진을 바라보았다. 저 영화는 어떤 영화일까. 기억은 시간순으로 떠오르지 않았다. 윤우는 필연적으로 느껴지는 직감에 의거해 그들이 함께한 시간을 재배치했고 그렇게 그들 사이에 서사를 만들어내려고 했다. 기억의 안배에 따라 그들의 이야기가 주는 메시지는 달라졌다. 언젠가 지형은 말했다. 지형과 윤우의 이야기를 영화화한다면 그 시작은 반지하일 거라고. 당시 그들의 이야기는 이제 막 시작한 상태였고, 그 이야기가 앞으로 어떻게 진행될지 알 수 없었다. 돌이켜보면 시간은 바람 같아서 스치는 순간에만 그 존재를 느낄 수 있었다. 지나간 시간은 한밤중 블라인드와 같이 실루엣만 보여주며 그 너머에 무언가 존재한다는 사실만 알려주었고, 윤우는 무엇을 지나쳤는지 보지 못하고 매번 뒤늦게 그녀에게 벌어진 일들을 추측했다. 사랑, 우정, 선망, 연민…… 윤우는 형태를 갖추기 전에 끝나버린 감정에 관해 생각했다. 어쩌면 두 사람 사이에 그것들이 존재했을 수 있다고. 그들의 영화는 어떤 식으로든 전개될 수 있었으나 처음과 마지막 장면은 바뀌지 않았다. 그들의 마지막은 지형이 반지하를 떠난 날이 아니었다. 그들이 함께했던 시간을 관통하는 미증유의 흐름이 향한 곳은 별생각 없이 지나쳤던 어느 여름밤이었다. 그게 윤우의 기억에서 마지막까지 생동했던 두 사람의 모습이었다.

마지막 촬영을 마친 두 사람이 장비를 반납하고 지형의 선배에게서 빌린 SUV를 돌려주고 오는 날이었다. 드디어 촬영이 끝났다는 생각에 몸은 고단해도 마음은 가벼웠다. 그대로 자는 게 아쉬웠던 두 사람은 편의점에 들러 마른안주와 맥주를 샀다. 어서 씻고 싶은 마음에 걸음이 점차 빨라지던 중 어디선가 애달픈 소리가 울려 퍼졌다. 고양이 소리였다. 그 일대에는 유기묘가 많아서 새벽이면 고양이들이 앙칼지게 다투는 소리나 갓난아이와 같은 울음소리가 들렸다. 쓰레기봉투를 찢어발기고 겨울에는 차 보닛에서 추위를 피하다가 시체로 발견되어서 고양이를 골칫거리로 여기는 주민들이 많았다.

전봇대 아래 있던 고양이를 먼저 발견한 건 지형이었다. 아직 성묘가 되지 않은 코리안쇼트헤어는 두 사람을 보고서도 도망가지 않았다. 오히려 무언가를 달라는 듯이 그들을 향해 우는 모습이 사람의 손길을 탄 것 같았다. 지형이 봉지를 뒤적이며 윤우에게 물었다.

"이거 줘도 될까?"

"글쎄." 반려동물을 키워본 적이 없어서 윤우도 알 수 없었다.

"한번 줘보자." 지형이 마른 오징어를 꺼내 포장을 뜯었다. 그러고 나서 길바닥에 오징어를 내려놓고 세 걸음 물러섰다. 잠시 뒤 조심스레 오징어에 코를 갖다 댄 고양이가 혀를 몇 번 날름거리더니 다시 그들을 향해 울었다.

"이게 아닌가. 보통 참치나 우유 같은 거 주던데."

"그래?" 지형이 말했다. "그럼 사 오지, 뭐. 기다리고 있어." 말과 동시에 지형이 왔던 길로 달려갔다.

윤우는 고양이와 골목에 남았다. 휴대전화를 보니 그사이 자정이 지나고 있었다. 샤워 후 시원한 맥주를 마실 생각뿐이었는데 고양이에게 발이 붙잡혀버렸다. 그런 와중에 윤우는 고양이가 그대로 가버리는 건 아닌지 걱정했다.

얼마 안 가 지형이 숨을 가쁘게 내쉬며 돌아왔다. 두 사람이 참치 통조림의 뚜껑을 따서 고양이에게 내밀자 잠시 머뭇거리던 고양이가 경계를 완전히 풀지 않은 채 입을 가져다 댔다. "고양이한테 밥 주지 말라고 신신당부했는데." 뒤늦게 집주인이 했던 말이 떠올랐지만, 윤우는 참치를 빼앗지 않았다. 옆에서 고양이가 참치 먹는 모습을 바라보던 지형이 뒤에 있는 한옥 계단에 걸터앉았다. 그러고는 봉지에서 맥주를 꺼냈다. 윤우도 지형의 옆에 앉아 맥주를 건네받았다. 시멘트를 펴 발라 만든 계단은 딱딱하고 불편했다. 두 사람은 그새 미지근해진 맥주를 마시며 고양이를 구경했다. 그대로 집으로 가도 무방했으나 하릴없이 고양이가 배를 채우는 모습을 지켜봤다. 가로등 불빛이 그런 그들의 머리 위로 쏟아졌다. 주변에 숲도 없는데 일대에는 매미 소리가 가득했다. 찌르르 울려 퍼지던 소리가 일순간 멎을 때마다 윤우는 덜컥 가슴이 내려앉는 느낌이 들었다.

"이제 끝이지?"

"무슨 소리야. 이제 시작인데."

지형은 편집이 남았다고 말하며 한숨을 쉬었다. 참치를 거의 다 먹은 고양이가 두 사람에게 눈길도 주지 않고 가볍게 담장을 넘었다. 고양이가 시야에서 사라지자 윤우는 왠지 허탈한 마음이 들었다.

"배은망덕한 것."

"그럼 고맙다고 두 발로 서서 인사라도 해야 해?"

지형이 뭘 기대했냐는 듯이 윤우를 타박했다. "쟨 그냥 노래를 부른 걸 수도 있어. 우리가 지레짐작하고 참치를 갖다 바친 걸지도 모르지." 종종 지형이 내뱉은 말들은 윤우로 하여금 정말 지형이 자신을 이용하는 게 아닌지 의심하게 만들었다.

"그래도 잘 먹으니까 좋지 않아?"

"그건 그래."

"그럼 된 거지."

지형이 못을 박듯 말하며 통조림 캔을 수거해 비닐봉지에

넣었다. 두 사람은 다른 사람의 집 앞이라는 걸 자각하지 못한 채 남은 맥주를 마셨다. 30분 후 빈 캔을 들고 집으로 돌아간 그들은 관계를 맺었다. 중간에 윤우는 무언가 차오르는 느낌을 받았는데 아마도 취정일 거라고 여겼다.

그로부터 4개월쯤 지나 그들은 헤어졌다. 얼마 지나 윤우는 반지하를 재계약했다. 그리고 반지하에서 홀로 두 번의 여름을 났다. 다시 계약 만료를 앞두고 지형의 편지를 받은 윤우는 그간 잊고 있던 그 무렵의 우선순위를 기억해냈다.

윤우가 기억하기로 반지하로 이사한 해에는 봄이 늦게 왔다.

5월 초까지 그늘의 얼음이 녹지 않았다. 봄을 제일 먼저 맞은 건 고양이들이었다. 아무 데나 드러누워 일광욕을 즐겼다. 옆집 담장 안쪽의 배롱나무가 무성해지며 여름에 들어섰다. 여름의 절정에 담장 밖으로 뻗은 가지에서 자홍색 꽃이 피었다. 장마가 시작되자 백일홍이 떨어졌다. 하수도관이 넘치는 바람에 골목은 작은 강이 되었다. 장마가 끝나자 매미들은 더욱 크게 울었고 가을에 들어선 뒤에도 쉽게 울음을 그치지 않았다. 그해 겨울은 평년보다 일찍 들이닥쳤다. 윤우는 반지하 창문으로 그 아름답고 난폭한 일련의 흐름을 지켜보았다. 그리고 눈이 내리기 전에 밖으로 나갔다.

아직 살아 있는 것들을 살리고 싶었다.

어쩌면,

내내 단순한 마음이었다.

그러나 기어이 만난다

김미정
(문학평론가)

1. 스핑크스의 수수께끼

유동하고 넘치는 정보의 망망대해에서 효율성은 어쩌면 불가피한 덕목이다. 오늘날 팽창하는 정보와 그 속도는 효율적 독서를 강조하고 가독성을 미덕으로 권장한다. 어디에나 편재한 밈meme은 속도와 간명함과 효율성이 요구되는 시대의 산물이다. 그것은 어떤 캐릭터나 사건의 정보를 빠르고 직관적으로 전달한다. 하지만 애초의 전체상이나 사건의 맥락이 탈구되어버리니 그것의 표상 자체가 전부라고 오인되기도 쉽다. 세계는 자주 어떤 프레임, 함수, 유형으로 환원된다. 세계가 점점 복잡하고 조밀해지기에 우리는 불안한 마음과 함께 역설적으로 그것을 회피하는 방식을 택하고 있는 중인지 모른다.

그리하여 존재와 사건을 만든 시간의 아카이빙은 자주 허물어진다. 하지만 아슬아슬하게 유희와 진실 사이를 오가는 밈적 표상들 사이에서, 맥락의 절취나 변형의 책임을 묻는 것은 어딘지 시대착오적이다. 파편은 늘 그 나름의 진실을 품고 있다. 그러나 그것이 본질이자 전체로 환원되는 사고 회로는 소설적 쓰기-읽기와 별개의 주제가 아니다. '문장의 소멸' '자기효능감 중시' 등이 오늘날 소설의 한 특징이라고 지목한 평론가[1]의 말은 시대와 소설의 관계를 진지하게 환기시킨다. 인간의 복잡함이 기능적 캐릭터로 대표되거나 특정 정체성으로 환원되는 방식은 소설 안팎에서 익숙하다. 그러나 그때 세계가 함께 평평하고 간소해지는 것도 우리는 감수해야 한다. 즉, 속도와 간명함과 효율성 자체가 문제일 리는 없지만, 그것이 부지불식중 내 감각과 사고를 어떻게 디자인할지 생각해보는 것은 중요하다.

그렇기에 조바심이나 강박에 의연할 수 있는 것도 어쩌면 용기다. 이민진의 문장에는 이런 사정에 아랑곳하지 않는 단단함, 혹은 완곡하면서 완강한 거절이 있다. 문장들은 지시하는 대신 암시하고, 말하는 대신 비유한다. 사유의 밀도만큼 비유는 적확하다. 이 문장들은, 눈이 활자를 지각하는 동시에 프

---

1 오쓰카 에이지, 『감정화하는 사회』, 선정우 옮김, 리시올, 2020.

레이밍하며 인식게 하는 이 시대의 독해 회로를 번번이 이탈한다. 가령 "하루는 시작되자마자 가장 짙은 어둠을 만난다"(「시작하는 이들의 밤」, p. 169)와 같은 문장을 소설의 초입에서 만날 때 독자는 스핑크스와 겨루는 오이디푸스의 심정이 된다. 물론 바로 이어지는 문장들이 독자의 갈 길을 밝혀주지만, 이 문장에서 아직 발길을 옮기고 싶지는 않다. 척수반사적 인지와 반응에 익숙한 세계에서 문장 하나에 시선을 오래 고정하기는 쉽지 않다. 하지만 이내, 이 문장이 현란한 수수께끼나 비의가 아니라, 어떤 사실에 대한 가감 없는 진술일 따름임을 알아차리게 되면, 이른바 범속한 깨달음이 주는 쾌(快)에 빠져들지 않을 도리가 없다.

이것은 문장 차원에서만의 이야기가 아니다. 소설 속 인물들은 굳이 오던 길을 되돌아간다. 늦은 답장을 하거나, 사라진 이의 흔적을 추적한다. 세속적 보상이 없을 것을 알면서도 자기의 모든 것을 건다. 현실에서 무용할지도 모를 환상을 삶의 동력으로 방법화한다. 드라마틱한 사건 대신 일상의 접힌 주름들을 찬찬히 응시한다. 가시 범위에 좀처럼 포착되지 않던 세계가 효율성의 세계 너머에서 존재를 주장한다. 소설에 놓인 핵심 사건의 원인이나 사실관계 등은 여기에서 부차적이다.

이러한 특징은 이민진 소설이 일목요연하게 요약되기를 거부하는 경향과도 관련될 것이다. 예를 들어 단일한 내러티브를 거절하는 「프루스트가 쓰지 않은 것」을 생각해보자. 단일한 화자의 내러티브 및 그것이 만들어내는 소실점은, 세계에 어떤 대표성을 부여하여 부상시키는 대신 나머지를 후경화한다. 하지만 재현물인 이상, 시점과 소실점 자체에 내재된 폭력성은 늘 감수해야 할 조건이다. 그렇기에 내레이터의 위치를 둘러싼 작가의 세심함은 각별히 중요하다. 이 소설은 어떤 시간을 느슨하게 공유하는 인물들이 각자의 자리에서 자기 이야기를 한다. 물론 이러한 설정 자체가 드문 것은 아니지만, 이 소설의 위치성과 소실점에 대한 사려 깊음은 단순한 기법 문제 이상을 향해 있다.

또한 이민진 소설은, 각 캐릭터의 정체성을 둘러싸고 관성적으로 독해되기 쉬운 회로를 배제하는 편이다. 가령, 이성애 중심주의의 독법이 익숙한 독자에게 「시작하는 이들의 밤」은 자기 안의 독서 회로를 비추는 거울이다. 「RE:」는 '관계' 자체가 서사의 핵심이지만 인물들의 성별이나 관계의 종류는 핵심이 아니다. 또한 이러한 특징이 의식적으로 읽히는 것도 이민진의 소설들은 원치 않아 보인다. 고정된 위치로 환원되지 않는 존재들이 각 상황마다 마주쳐서 만들어내는 현장 자체가 이 소설들에 있다. 인과나 사건 같은 명료함이 부차적인 대신, 독자가 직접 읽어내야 할 몫이 많다. 비유하자면 이민진의 소설은 마치 호기심과 욕망을 자아내는 "해상도가 낮은 사진"(「프부스트가 쓰지 않은 것」, p. 92)저럼 세계를 현상한다.

2. 뒤로 걷는 사람들

「프루스트가 쓰지 않은 것」은 프루스트(의 책)라는 기호를 매개로 연결된 두 사람의 이야기다. 그들은 어쩌면 각자를 지키고 싶었기에 서로 깊이 연루되지 않으려 했다. 그것은 스스로도 다치지 않고 다른 누구도 다치게 하고 싶지 않다는 조심스러움이었을 것이다. 하지만 그런 회피의 감정이 건넨 프루스트의 책은 그들의 의지와 무관하게 서로의 세계를 비끄러맨다. 무해한 삶, 무해한 존재를 욕망할 때조차 우리는 부지불식중 타자로부터 스스로를 박탈당하고 타자 역시 나에게 자신의 일부를 내어준다. 프루스트의 책이 "나약한 우리가 저마다 흔들리는 가운데 세상에 휩쓸리지 않기 위해 연결한 줄"(pp. 120~21)이었다는 주인공의 진술은 어쩌면 세상의 모든 약함을 격려하고 응원하는 말이다.

만일 이 소설의 초입에서 스핑크스가 질문을 던졌다면 이런 것이었을지 모른다. "그토록 지키려 했던 나는 누구인가"(p. 120). 일생 동안 한 권의 책이 아니더라도, 어떤 기호가 아니더라도 이 소설에서처럼 나와 너를 연결하는 것은 무수히

많다. 하지만 우리는 그 연결과 의미를 종종 지나치고, 뒤늦게 알아차린다. 내 안에 늘 네가 있고, 네 안에 내가 있지만 그것은 좀처럼 의식되지 않는다. 즉, 은연중 내게 스며든 무수한 타자의 흔적을 생각한다면, 과거의 나는 어떤 존재였는지, 나의 정체성은 무엇인지, 지켜야 할 나는 무엇인지 같은 질문은 어쩌면 공허하다. 그때의 나도 지금의 나도 미래의 나도, 하나의 신체를 매개로 하는 '나'임은 분명하고, 또한 그때의 '나'들은 늘 의식하지 못한 타자들(인간, 비인간, 사물, 기호 등)과 마주친 흔적이기 때문이다.

　한편 「프루스트가 쓰지 않은 것」을 '어긋난 시간에 대한 늦은 추적담'이라고 말해도 된다면 더 하고 싶은 이야기가 있다. 과거의 시간은 종종 활시위에서 떠난 화살에 비유된다. 그 화살은 늘 현재를 앞질러 간다. 존재와 사건은 찰나적으로 현현될 뿐 영영 포획할 수 없다. 그렇기에 지난 모든 시간은 곧 타자다. 지난 시간에 대한 추적은 닿을 수 없을 운명인 타자에 대한 추적이다. 자주 회의의 형식을 띠는 이민진의 여러 소설이 익숙한 개인적 회고담이나 자아 찾기의 서사와 다른 것은 바로 이 시간관과 관련될 것이다. 통상적으로 무언가를 반추하는 특징은, 단일한 내적 표상을 지니는 자아의 회고, 자기동일성으로 환원되곤 했다. 하지만 이민진 소설들의 시간 추적담은 오히려 단일한 자아나 진공의 '나'의 불가능성을 역설한다. 또한 이 회고의 형식을 통해, 지난 시간(타자)의 부수한 진실이 조명되고, 거기에서 보이지 않던 세계들이 비로소 모습을 드러낸다.

제목에서부터 사건 이후의 이야기임을 알려주는 「후일담」은 물론이거니와 「RE:」는 4년 후 받은 답장에 회신하는 이야기다. 또한 「장식과 무게」는 생사를 확인할 수 없는 이의 흔적을 추적하고 애도를 유예하는 이야기다. 「언박싱」「시작하는 이들의 밤」「풀에 빠진 사람들」은 각각 다른 유형의 서사이지만 여기에도 부재하는 대상, 인연이 다한 누군가 혹은 그 모두와 연결되어 있던 시간의 이야기가 있다.

예를 들어 「RE:」의 주인공에게는 늦은 답장이 도착한다. 그런데 그 답장은 애초의 수신자가 아닌 제3자다. 제3자는 수신 당사자의 부고를 알린다. 당사자의 부고가 전해지긴 했으나 그것이 사실인지 비유인지는 끝끝내 밝혀지지 않는다. 아니 그러한 사실관계 확인은 앞서 말했듯 이민진의 소설에서 핵심이 아니다. 과거 불화의 이유, 주인공들의 관계가 끊어진 원인이 무엇인지도 궁금하지만 그 답을 찾는 것 역시 핵심은 아니다. 이 소설이 주력하는 것은, 불가능한 이해 또는 이해라고 믿는 오해, 그럼에도 확인되는 관계들이다.

「RE:」의 인물들의 사연처럼 관계는 늘 오해가 동반되는지 모른다. 또한 이해란 아주 드물거나 불가능한 것인지 모른다. 세계는 오해들의 연속일 수 있다. 그럼에도 우리는 각자의 이해를 갖고 있고, 또 그럼에도 그 오해된 이해들을 틀렸다고 말할 수 없다. 불일치 속에서 각자 다른 진실을 지목할지라도, 아이러니하게도 그것은 어딘가에서 만난다. 그 모든 불일치와 오해가 역설적으로 만나게 되는 세계라니, 문득 마음이 노곤노 곤해진다. 「RE:」의 주인공이 제3자의 늦은 답장에서 읽은 것 은 곧 세상의 모든 이야기하고 듣는 이들에게 전하는 격려다. "틀려도 괜찮"고 "듣고 있으니 계속 말하라"는 소설 속 사인 은 쓰는 이와 읽는(듣는) 이 모두를 향한다(p. 38). 이것은, 내 가 읽은 프루스트가 당신이 읽은 프루스트와 다를지라도 우리 는 같은 프루스트를 읽은 것(「프루스트가 쓰지 않은 것」)이라 고 앞서 전해 받은 용기이기도 하다.

3. 부재와 추적

이런 부재를 추적하는 이야기들은 또 다른 주제를 파생시 키기도 한다. 예컨대 이민진의 소설에는 예술과 관련되는 인물 이 자주 등장한다. 그들은 예술을 숭배하고 낭만화하던 전통적 예술가상을 맹목적으로 계승하지는 않는다. 그들은 오늘날 근 대 낭만주의 예술상이 어떤 맥락에 놓여 있는지 잘 알고 있다

(「프루스트가 쓰지 않은 것」). 그들은 "예술은 텅 빈 수식어로 남았다"(p. 92)라고 자조하기도 하고, "단지 바라보는 방향이 같다"는 이유로 "예술 그 자체보다 예술가의 이미지를 사랑하는 것 같다고 생각"하며 "서로의 성공을 불신"하고 오늘날 예술의 조건과 제도의 문제를 냉소하기도 한다(p. 117).

하지만 예술과 생활의 극단적 불화를(「후일담」) 보여주는 와중에도, 환상의 아이러니한 힘은 부정되지 않는다. 균질적 잣대로 규정되기를 거부하는 삶, 부재하는 것에 추동되는 삶의 매력은 내내 환기된다. 다음은 「후일담」의 일부분이다. "윤우에게 지형은 미래에 대한 상상에서 가장 무결한 존재였다. [……] 양쪽 모두 실체가 없는 감정을 자각하고 있었으나 개의치 않았다. 영화가 그렇듯 본디 아름다움은 진실이 아닌 그럴 듯한 왜곡에서 태어났고, 두 사람은 기꺼이 속아줄 준비가 되어 있었다"(p. 196).

가상과 환상은 단지 가짜, 눈속임, 거짓, 비진리, 환영 illusion 같은 것이 아니다. 살아가면서 환상은 무용치 않고 더구나 피할 수 없다. 그것은 "모든 게 뒤바뀐 상황에서"(「풀에 빠진 사람들」, p. 129)야 깨닫게 되는 유의 것이기도 하다. "사랑에 빠진 순간에 관한 이야기"(p. 125)라고 요약해도 될 「풀에 빠진 사람들」은 제목 안의 '풀'이라는 말이 수수께끼처럼 놓여 있다. '풀'의 의미에 대해서는 물론 서술자가 충분히 힌트를

준다. 그에 따르면, 사랑에 빠지는 순간이란 늘 어떤 관계의 장
pool에 불현듯 빠져버리는 것이고, 충만한 느낌full과 매혹pull
과 어리석음fool 사이에서 아득해지는 일이다. 그런데 이 소설
이 단지 사랑에 빠져버린 이들에 대한 이야기를 넘어서, 이야
기 행위의 존재 이유를 암시하는 것도 흥미롭다.

　　가령, 주인공은 평범한 술자리에서 무방비하게 어떤 이야
기를 듣는다. 그 이야기는 "현실을 사로잡을 만한 확고한 환
상"(pp. 138~39)으로 다가오고 그녀의 일상을 뒤흔든다. 주
인공이 말하기를, 사랑이 이어지는 조건은 그/그녀 너머의 환
상, 즉 "실제 연인이 아닌 그 이야기"(p. 138)였다. 여기에서
욕망의 삼각형인 간접화된 욕망의 구도를 읽기는 쉽다. 하지
만 더 나아가 이것은 '이야기' 자체의 존재 이유와 조건을 연상
시킨다. 즉, 환상은 현실과 다른 원리를 가지기에 매혹의 대상
이다. 세월이 흐르고 세계가 달라져도, 이야기를 욕망하는 인
간의 이유는 크게 다르지 않을 것이다. 이야기 앞에서 우리는
알면서 속아주고, 피하지 않고 몰입한다. 효율성이 척도가 되
는 세계일수록 환상의 장치들(문학, 예술)은 역설적으로 힘이
세다.

　　한편 부재를 추적하는 서사는 종종 애도나 우울의 정서와
관련되지만 이민진의 소설 속 부재와 추적은 개별 정서의 문제
로 수렴되지 않는다. 특히 실종된 이모에 대한 추적담인 「장식

과 무게」는 이러한 특징들의 밀도 높은 결정판이다. 사람들의 기억에서 이모와 관련된 지표는 모두 다르다. 이모의 사진도 이모가 어떤 사람이었지 말해주지 못한다. 그나마 가장 가깝다고 여겨진 사진은 어린 시절의 이모가 유령이 있다고 믿던 즈음의 사진이다. 유령은 사진에 찍힐 리 없고, 유령에 대한 믿음으로 무서워하던 아이의 심정도 사진에 찍힐 리 없다. 하지만 가시화되지 않고 명료한 흔적도 남지 않는 장면에서 언뜻 전달되는 진실도 있다고 이 소설은 강변한다.

또한 실종된 이모를 추적하는 과정에서 사람들이 이모에 대한 기억을 주고받는 일은 "공동으로 한 작품을 만드는 듯한"(p. 82) 경험이다. 소설이 진행될수록 이모는, 미리 결정되어 있던 단일한 존재라기보다, 오히려 무수한 관계 맺음과 각각의 이해(=오해)가 만드는 전체상에 가깝다. 이모에 대한 기억뿐 아니라, 이모와 '나'가 함께 발견한, 그러나 지금은 사라진 건축물 페르굴라 역시 마찬가지다. 페르굴라의 첫 모습에 대한 '나'의 감각(감정)은 생생하지만 그것을 발생시킨 대상은 끝내 기억에서 복원할 수 없다. 하지만 이런 실패가 곧 페르굴라의 존재까지 부정하는 것은 아니다. 강조컨대 닿지 못할 운명이지만 그것에 닿기 위해 추적하는 실패의 행적 모두가 곧 그것을 구성한다는 역설이 「장식과 무게」를 관통하고 있다.

그렇기에 이 소설의 주인공이 이모의 장례를 곧 이모 삶에 종지부를 찍는 행위라 여기며 거부하는 것도 자연스럽다. 보통, 부재하는 대상에 대한 추적 서사는 애도를 위한 절차로 놓일 때가 많았다. 애도나 우울 둘 다 어떤 상실에 대한 반응이지만 우울 쪽이 "좀더 근본적이면서도 보다 이상적인 종류의 상실에 대한 반응"이라고 말한 이는 프로이트다. 그의 말과 같이 애도와 우울은 비슷한 반응이지만 후대에 더 분석되었듯, 우울은 부재를 인정하지 않으며 포기, 단념을 거절하는 메커니즘을 갖는다. 그렇기에 예술에서 우울은 애도보다 윤리적이라고 이야기될 때가 있다. 즉, 애도는 대상의 상실을 받아들이고 그에게 쏟았던 에너지를 철회하여 일상으로 복귀하는 것이므로 '애도 작업'이나 '애도 기간' 같은 말이 성립할 수 있다. 이에 반해 우울은 대상의 상실을 인정하지 않고 자신을 그 대상과 동일시하는 지속성을 지닌다.

「장식과 무게」를 간단하게 멜랑콜리(우울)의 서사로 범주화시키고 싶지는 않지만, 이 소설에는 부재하는 대상에 대한 기억을 끝내지 않겠다는 결연한 의지가 있다. 주인공은 이모의 장례식을 두고 "나의 기다림이 시작된 날"(p. 85)로 선언한다. 그녀는 망각을 정당화하는 절차로서의 장례(애도)를 거절한다. 또한 이것은, 정확하지 않더라도 계속 상상을 이어가겠다는 다짐이다. 그리고 되도록 늦게 적어두려고 했던 것이지만, 이 소설에 간간이 유표화된 세월호의 기억은 이 작품의 의미와 맥락을 확장시킨다. "만일 모든 사태가 언어에 의해서 설명될 수 있는 것이라면, 소설이라는 문학 형식이 쓰여지지 않으면 안 될 치명적인 필요성도 없을 것이다"[2]라는 한 표상 연구자의 말도 잠시 보태어 적어둔다. 즉, 사건의 불가해함과 말의 불완전함은 아이러니하게도 소설 장르의 존재 이유다. 시간이 흐르고 시대의 감수성이 달라지고 이야기의 형식이 달라져도, 서로를 만나게 하는 것은 그 끊임없는 말들인 것이다.

4. 양말과 마법

이 글을 시작하면서 오늘날 세계의 간명함, 효율성 등에 대해 적었던 대목을 잠시 떠올려본다. 이 덕목들은, 계속 복잡하고 조밀해지는 세계를 회피하는 회로일지 모른다고 적어두었다. 감당할 수 있을 복잡함과 조밀함의 수준이 임계에 다다르면서, 우리는 그것을 기피하며 간명하고 효율적인 것들에 의탁하기 쉬워진 것인지 모른다고 생각해보았다. 그렇다면 지금까지의 이 글은, 그러한 사정에 아랑곳하지 않는 이민진의 문장과 소설의 시대적, 미적 설득력을 이야기한 것이기도 하다.

---

2 오카 마리, 「사건의 표상」, 『기억·서사』, 김병구 옮김, 소명출판, 2004, p. 64.

그런데 다시 곰곰이 생각해본다. 「RE:」에 의하면 말로, 글로 전하지 않아도 전달되는 진실이 늘 있다. 「장식과 무게」에 의하면 완벽하게 복원하는 것보다 중요한 것은 기억하고 수집하고 전달하는 행위이다. 또한 「프루스트가 쓰지 않은 것」에 의하면, 내가 읽은 이민진의 소설은 어쩌면 작가 이민진이 의도한 소설이 아니고, 내가 만나온 당신은 어쩌면 만나본 적 없는 당신이다. 즉, 이 세계는 오독과 오해와 어긋남과 미끄러짐으로 가득 차 있다. 하지만 그 모든 불일치에도 불구하고 결국 나와 당신이 읽은 이민진의 소설은 바로 그 이민진의 소설이고, 나는 당신과 만나본 일이 없으나 그럼에도 우리는 늘 만나왔으며 종국에 언젠가 다시 어느 한 장소에서 만나게 될 것이다.

즉, 이민진 소설에는 각자의 방식으로 더듬더듬 길을 찾아가더라도 결국은 한 장소에서 만나게 될 것이라는 믿음, 각자의 방식으로 각자의 말을 하더라도 늘 우리는 이어져 있다는 믿음이 단단하다. 그렇다면 앞서 말한 세계의 속도, 간명함, 효율성이나 그것의 문화적 산물들이 기존의 읽기 – 쓰기 감각을 변형시키고 다른 회로를 만든다고 해서 마냥 우려나 비관만 하지 않아도 괜찮을 것이다. 21세기에 데이터를 부유하는 인간과 알타미라 동굴벽화를 그리던 인간 사이의 거리는 아득하고 시간의 매 국면마다 인간은 늘 다른 배치 속에 존재해왔다. 그러나 또 한편으로 그때마다의 인간과 지금의 인간은, 우주에서 태어나 우주를 구성하고 우주로 돌아가는 존재라는 점에서 다르지 않은 존재다.

마지막으로 이 글을 쓰면서 내내 맴돌았던 구절 하나를 적어본다. "내가 원했을 때 열렸던 최초의 장롱은 서랍장이었다. [……] 내게서 사라지지 않고 나로 하여금 언제나 그 장롱에 다가가도록 다시금 유혹하고 모험적으로 보였던 뭔가가 있었다. 나는 안쪽 깊숙한 데까지 손을 뻗어야 했다. [……] 내가 둘둘 말린 양말 속에서 손에 잡았고 나의 손을 그렇게 깊숙이 집어넣게 한 것은 바로 '선물'이었다. [……] 나는 그 선물을 가까이 끌어당겼는데 나를 아연케 한 일이 벌어지고 말았다. '선물'을 주머니에서 빼냈는데, 주머니는 더는 거기에 없었던 것이다. 나는 이 불가사의한 진실을 아무리 자주 시험해보아도 충분치 않았다. 형식과 내용, 껍질과 껍질에 싸인 것, '선물'과 주머니는 하나였던 것이다. 이 과정은 내게 진리를, 어린아이의 손이 '주머니'에서 양말을 꺼내듯이, 시(문학)에서 조심스레 꺼내야 한다는 것을 가르쳐주었다."[3]

발터 벤야민이 자신의 어린 시절 기억에 대해 쓴 에세이의 일부분이다. 미, 미적 체험 혹은 예술이란 무엇인가에 대한 응

3 발터 벤야민, 『1900년경 베를린의 유년시절/베를린 연대기』(발터 벤야민 선집 3), 윤미애 옮김, 도서출판 길, 2007, pp. 118~19.

답처럼 언급되는 에피소드이기도 하다. 하지만 내게는 사실 이민진의 「언박싱」속 선물 모티프로 인해 맴돌던 대목이다. 「언박싱」은 아버지와 영영 불화한 딸의 이야기이고, 이때 언급되는 '선물'은 불가항력적으로 주어지는 혈연관계를 비유한다. 하지만 '쓰지 않은 것'(「프루스트가 쓰지 않은 것」)을 읽어도 된다고 독려하는 메시지를 떠올려본다. 그리고 다시 이 대목의 상황을 머릿속에서 찬찬히 그려본다.

어린아이에게 주위의 많은 것은 미지(未知)일 것이다. 서랍장 깊숙한 자리에 양말이 둘둘 말려 있다. 그러나 안쪽 깊숙한 자리의 그것이 무엇인지 아이는 알지 못한다. 미지의 무언가는 늘 호기심과 흥분감을 자아낸다. 아이에게 그것은 숨겨진 보물 혹은 선물같이 여겨진다. 아이의 호기심은 고조된다. 아이는 그것에 손을 뻗는다. 그것을 가까스로 끄집어내고 둘둘 말린 그것을 풀어낸다. 이내 형태를 갖춘 양말이 아이의 손에 펼쳐진다. 선물과 같이 그것은 아이의 손에 들어와 있다. 하지만 어느새 그것을 둘러싸고 있던 주머니는 사라져 있다. 선물을 싸고 있던 주머니와 선물이 실은 하나였던 것이 아이에게는 마법처럼 느껴진다.

그렇다면 원문에서 벤야민이 회고한 "형식과 내용, 껍질과 껍질에 싸인 것, '선물'과 주머니는 하나"라는 말은 비유도 역설도 아니라 엄연한 사실이다. 아이에게 그것은 일순간 왜

곡되어 감각되었다. 어린 벤야민이 느꼈던 아연함은 감각적 왜곡에서 비롯된 것이지만, 그것은 미혹함도 아니고 거짓된 것도 아니다. 감각의 왜곡에도 불구하고 그것이 '양말'이라는 사실은 변하지 않는다. 그리고 서랍장 안에 둘둘 말린 형태로 있을 때마다, 아이는 '선물' 앞에서의 궁금함과 기대와 설렘을 갖는다. 그것이 펼쳐져서 양말의 형태를 드러낼 때마다 아이는 마법을 경험한다. 지금 이민진 소설들이 이 서랍장 안쪽 "둘둘 말린 양말" 같다는 생각이 든다. 독자에게 각 작품은 각기 다른 모습으로 지각될 것이다. 하지만 그것이 늘 '양말'이라는 잠재성을 다양하게 감추고 있는 것을 확인할 때마다 그것이 어찌 선물이며 마법 같지 않을까. 이른바 '미적 체험'이라는 주제를 지금 이민진의 소설로부터 다시 고민하고 싶다는 생각을 하게 된 것도 2021년 독자로서의 행운인 것 같다.

작가의 말

　　본가가 단독주택으로 이사하면서 겨울철이 되면 아침저녁으로 벽난로에 불을 피우는 게 주요 일과가 되었다. 층고가 높은 탓에 난방비가 너무 많이 들었기 때문이다. 불을 피우는 과정은 매일 봐도 질리지 않았다. 장작과 잔가지를 교차시켜 쌓은 후 불을 붙인 신문지를 장작 틈에 쑤셔 넣었는데 인근 산에서 주워 온 솔방울을 바짝 말려 한두 개 집어넣으면 불이 더 잘 붙었다. 불길이 어느 정도 안정되면 불멍이 시작됐다. 불은 살아 있는 리본 같았다. 그 끝을 낚아채 당기면 이런저런 상념이 잇따랐고, 불을 보고 있는 동안은 시간의 흐름을 잊기 일쑤였다. 그리고 내가 그 매혹적인 움직임에 홀려 있는 사이 불은 점차 수그러들며 태어난 곳으로 돌아갔다. 끝없이 타오르는 이미지에 나를 가두고. 시간과 함께 생명을 소진했다.

*

　한때 남기고 싶은 순간이 있었다. 그렇게 쓴 소설로 나는 소설가로 불리게 됐다. 사유, 이야기, 이미지, 기억, 고민…… 이 책에 수록된 소설들에는 내가 골몰했던 것들이 담겨 있다. 존 버거가 사진을 잊기 위한 기록 매체라고 말했듯 나는 글을 써서 그것들을 두고 떠날 수 있었다. 이제는 일곱 편의 소설에서 과거에 남긴 미미한 불씨와 은은한 열기만 감지할 뿐이다. 그러한 이유로 퇴고 과정에서 고민이 많았다. 대부분은 과거에 발표한 원고와 크게 다르지 않으나 적극적으로 개입한 소설도 있다. 「후일담」은 지금 보기에 어설픈 지점이 많아 다시 쓰기를 했고, 등단작은 사회적인 맥락에서 한층 깊이 있게 다루어져야 하는 주제라는 것을 깨닫고 단행본에서 제외했다.

　이러한 판단은 내가 독자의 존재를 의식하기 시작한 데서 연유했는데, 고백하자면 그간 나는 소설을 쓰면서도 독자의 존재를 의심해왔다. 오랜 시간 내 글을 읽은 사람은 같이 수학한 친구들과 선생님 몇 분이 전부였기 때문에 그들이 아닌 독자를 상상하기가 어려웠다. 지난 5년간 가장 큰 변화라면 소설을 쓰고 발표하는 게 불멍처럼 혼자 만끽하고 마는 일이 아니라는 것을 깨달은 것이다. 최근에는 동시대의 독자뿐만 아니라 다가

올 시대와 독자까지 고려하라고, 스스로 요구하는 나를 발견한다. 아무래도 나보다 좀더 사려 깊고 과감한 사람에게 어울리는 직업이라고 생각하지만, 그럼에도 불구하고 계속 소설을 쓰는 건 이 또한 삶의 일부라고 여겨지기 때문이다. 끊임없이 방향을 탐색하는 것. 그렇게 스스로 그리고 타인에게 가까워지는 것. 글쓰기나 삶이나 부단한 태도가 남긴 궤적이라고 믿는다.

상상으로만 존재하던 책을 실물로 만들어주신 분들─든든한 가족과 친구들, 지난한 과정을 함께해준 박선우 편집자, 다하지 못한 이야기를 채워주신 김미정 평론가, 따스한 시선으로 소설을 읽어준 강화길 소설가께 감사를 전한다. 그리고 이 글을 읽고 있는 당신에게도.

나는 당신이 이 순간 감내하고 있는 삶의 무게를 알 수 없지만 한 가지는 분명하다. 사람이라면 일정한 체온 범위 내에 있을 것이며 우리의 관계는 그 온도에서 시작될 거란 믿음 혹은 열망이 내 안에 존재한다는 것. 그리고 나는 그런 당신과 악수를 나누고 싶다.

만나서 반갑습니다.

2021년 여름
이민진

드디어 이민진의 첫 소설집을 읽는다. 얼마나 기다렸던가. 그새 다가온 청량한 여름. 섬세하고 예민하게 씌어진 문장들을 아껴 읽으며 나는 조심스럽게 숨을 뱉는다. 그녀의 시선을 따라가다 보면 내가 서 있는 곳이 새삼 다르게 느껴진다. 조금 더 소중하고, 서글프다. 그러나 괜찮다. 우리 삶에는 늘 조심스러운 순간이 있고, 그 때문에 언제나 남몰래 아프다. 하지만 우리는 언제나 괜찮은 척 눈물을 참는다. 계속 살아간다. 이민진의 문장은 우리가 남몰래 슬쩍 닦아낸 눈물들이 마른 흔적이다. 날아가버렸다고 생각했지만, 그리하여 누구도 눈치채지 못했다고 생각했지만, 사실 몰래 간직하고 있었던 스스로에 대한 후일담. 드디어 이 문장들을 모두 만났다. 부디 이 기쁨의 무게를 계속 느낄 수 있기를. Pergo. 잊지 못할 여름이 될 것이다.

강화길(소설가)

수록 작품 발표지면

RE: 『문학동네』 2019년 여름호

장식과 무게   『문학과사회』 2018년 겨울호

프루스트가 쓰지 않은 것   『집 짓는 사람』 수록작

                         (발표 당시 제목 「쿤스트캄머」)

풀에 빠진 사람들   『문학3』 2020년 1호

언박싱   미발표작

시작하는 이들의 밤   〈월간 윤종신〉 2019년 1월

후일담   『문예중앙』 2017년 봄호